公元787年，唐封疆大吏马总集诸子精华，编著成《意林》一书6卷，流传至今
意林：始于公元787年，距今1200余年

意林®

一则故事　改变一生

《意林·少年版》编辑部

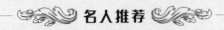

名人推荐

◆最好的教育应该把最美好的童年、最快乐的童年、最值得回味的童年还给我们的孩子。

全国政协常委兼副秘书长、新教育实验发起人 朱永新

◆作品中的小主人公们一步一步地成长，一步一步使生而不同的他们成为更好的自己，这给教育工作者和家长以很好的启发。

北京十一学校联盟总校校长 李希贵

◆不矫情的文字里，有回忆不尽的青春，回忆不尽的美，回忆不尽的似曾相识。愿你们在春暖花开时耕耘，在秋高气爽时收获，愿你们拥得了美好，也经得住风霜。

北京市第八中学校长 王俊成

再见，我们的时光

SHI GUANG 时光

SHI GUANG ZAIJIAN WOMEN DE

意林

成长音乐小说

解小邪 著

北京工业大学出版社

图书在版编目（ＣＩＰ）数据

再见，我们的时光 / 解小邪著. -- 北京 ： 北京工
业大学出版社，2019.11
ISBN 978-7-5639-6982-1

Ⅰ. ①再… Ⅱ. ①解… Ⅲ. ①长篇小说－中国－当代
Ⅳ. ①I247.5

中国版本图书馆CIP数据核字 (2019) 第225557号

再见，我们的时光
ZAIJIAN，WOMEN DE SHIGUANG

著　　者：解小邪
责任编辑：陈　娜
封面设计：资　源
出版发行：北京工业大学出版社
　　　　　（北京市朝阳区平乐园100号　邮编：100124）
　　　　　010-67391722（传真）　bgdcbs@sina.com
经销单位：全国各地新华书店
承印单位：晟德（天津）印刷有限公司
开　　本：700毫米×1000毫米　1/16
印　　张：13
字　　数：130千字
版　　次：2019年11月第1版
印　　次：2019年11月第1次印刷
标准书号：ISBN 978-7-5639-6982-1
定　　价：28.80元

序

>>>

最近一段日子里，我经常在早晨四点钟醒来，不知道是因为这个夏天太热，还是我心里惦记的事太多。《再见，我们的时光》快要出版了，总要说点儿什么。

过去的几年里，我写了很多关于青春的小说，短的三千字，长的也不过一万多字。虽然我是一个常常会因为某件事产生诸多想法和灵感的人，但因为时间有限，精力有限，能静下心来写长一点儿的像《再见，我们的时光》这样的小说并不容易，好在我还是写完了。而且，目前来讲感觉还不错。

《再见，我们的时光》是为意林的邀约而写，原本时间很紧张，但因为很喜欢自己设计的人物和故事，反而不觉得累。应该说，这是我写得比较用心又比较轻松的一个小说，用心是因为我把很多生活写进了小说，轻松是因为我融入了很多有趣的段子。偶尔，我看这个小说时会产生错觉，那些有哲理的好句子是我写的吗？那些故事情节是我想出来的吗？那些人物是我用键盘敲出来的吗？

如此沉浸于自己写的小说当中，难免被说很自恋。我发现最近一段时间很自恋。昨天无意间看到一段陈坤的访谈，他说："自恋是一个很美好的坦然面对的东西，为什么不自恋呢？"

是的，自恋也是自信的表现呀，曾经的我因为某科成绩不理想那么不自信，在很多年的磕磕绊绊中好不容易在写作中有了自信，这样的我难道不是最好的我吗?

　　每个写作者都会在作品里留下自己的影子，我也不例外。《再见，我们的时光》是一部呆萌、暖心、高能、励志的青春文学小说，但我想表达的却有很多很多。于是，我把自己对生活的感知，对写作的真诚，对人生的思考，对自我的悦纳，对理想的追求，对未来的迷茫等写了进去。我在小说里写到一句话"生活不总是光明"，延伸来讲，生活也不总是黑暗，只要真诚地面对生活，每个人都可以活得乐趣无穷，都可以闪着光。我喜欢TFBOYS（一个少年偶像团体）在《我们的时光》里唱到的："满身的泥土，是我们的时光；狂欢的夏夜，是我们的时光；青春的回忆够疯狂才永远都不会忘，多远，都不会忘。"我觉得青春就应该是这样的。

　　写序的时候，偶尔我停一会儿，因为我想到了正在写的该书的续集，仍然是跟青春紧密相关，我不能透露太多，但光是自己想一想，很多情节已经让我热泪盈眶。

　　我已经不是个小孩了，但我依然会热泪盈眶，依然会竭尽全力，内心依然住着一个一往无前的少年。这样甚好，说明我心性纯粹依旧，说明时间从来不曾改变过什么，说明我一如既往地具有跨过水千条山万重的勇气和信心。

　　我喜欢这样的自己。

　　谨以此，为序。

　　送给我自己，送给我最爱的人，送给正青春的你们，送给《再见，我们的时光》。

解小邪

二〇一九年八月

目　录

1

第一章　跟踪者

　　他是什么时候站在这里的？是听到了什么，还是伺机要做什么？我爸平时教我要防备陌生人。难不成……

No.1

我叫杜若愚，今年15岁。在15岁之前，我家庭和睦、生活幸福。在15岁之后，也就是从这个暑假开始，我家里狼烟四起，每天都有晴天霹雳，把我震得横竖都找不着北。

这不，我爸和我妈竟然因为一支牙膏又吵了起来。

"你怎么把牙膏放在了化妆台上？牙膏不是应该放在刷牙杯里吗？"我妈先开的火。

"这么多年了，你刚知道我习惯把牙膏放在化妆台上吗？"一向服软的老爸不知道吃错了什么药，这次竟然不示弱，太让人吃惊了。

"是啊，都这么多年了，我说了多少遍，牙膏要从底部挤，可你倒好，偏要从中间挤。"

"从哪儿挤不是挤，无论从哪儿挤不都是一支牙膏的量吗？"

"还有你的鞋，你回家后就不能把换下来的鞋放在鞋架上吗？非得搁地上，多占地方，人走路的时候多碍事。"

"谁没事老往门口走啊，能碍多大事？"

两人呛了一会儿，我妈去厨房做饭，可能是锅里的水花没烘干，她炒肉时，油一下锅，热油溅到她胳膊上，烫起一个小疱。我妈心中的火"呼"一下蔓延开来，"你看你，除了刷碗之外，什么家务都不干，家里大事小事都得我张罗，我们单位的男同事都做得一手好饭，有时间还做家务。你上班，我也上班，为什么家务就得我干？"

爸爸反驳："你们单位的男同事好得都成奇葩了……"

本来就是一支牙膏从中间挤还是从底端挤的事，但随之扯出生活中的各种小矛盾使得两人在言语上你来我往地互掐，不知谁先蹦出一个词"离婚"！这个词蹦出来之后，房间里顿时变得异常安静，他俩把目光锁定在我身上，让我评理。

"我能评什么理，从小到大你们就喜欢问我，你喜欢爸爸还是妈妈，你喜欢奶奶还是姥姥，不当着两个人的面问还好，谁问的我就说喜欢谁，要是两人都在，答案无论是哪一个都会招来另一个的数落。这种选择题做太多了，我才不评理呢，当我还是三岁小孩吗？"我瞥了他俩一眼，托起书本假装看书。

我妈举着铲子跑出来，对我怒目以对："你还有理了。"

"就是。"我爸竟然也跟我妈的风针对我。

"你俩可真是两口子。"我"扑哧"一声乐了，但他俩的脸绷得紧紧的，我只好严肃地说："如果一定要我说，我只好说你俩都对，谁让你们一个是我爸一个是我妈呢。"

他俩又齐刷刷地把枪眼对向我："这么大个人了立场还不坚定……"

"你可真是个白眼狼，谁最疼你，你不知道啊？"

我得罪谁了我？我就想不明白了，他俩当初难道没谈恋爱吗？难道不知道对方的各种小毛病吗？真是的，不了解还结什么婚！我心里有一万个为什么想问，但我只问了一个我最想知道的问题："我真想不明白，你俩为什么能从战友变为敌人，难道我的15岁是你们敌友的分水岭？"

"你已经过了初中升高中的艰难时期，升入排名全市第三的明致高中了，既然你已经长大了，我们也没什么顾虑了。"我妈说得相当直白。

原来他俩的婚姻是冰冻三尺，非一日之寒啊。之前的各种恩爱戏码都是秀给我看的，我考上了高中，他们的秀得以落幕了。我这才想明白他俩为牙膏吵、为鞋的摆放位置吵、为谁做了多少家务吵，所有这些都只是表面现象。在过去的几百个日子里，当我沉浸在忽上忽下的成绩之中时，他们内在的矛盾已经腐朽得不可调解。这不只是我家里的个别现象，我的初中好友林嘉嘉也这么跟我说，她爸妈闹了一年，终于离婚了。她，如释重负。

No.2

明致高中在市中心，我家住在城西，为了让我不用起早贪黑地上学，我们搬到了市中心妈妈单位刚分的一套房子里。

两人在搬家过程中也是各种争吵，互相数落。

"年轻的时候你就这样，孩子这么大了你还这样，找搬家公司这种事都得我操心，家里坏了什么家具，也得我修理，我要你这个大男人干什么？"

我正搬着一摞书，实在听不下去他们继续这么聒噪了，便把书往他们正挪着的书桌上一扔，大声叫道："我终于知道为什么要把离婚说成闹离婚了，因为真的是在闹啊。为什么就不能和平分手呢？为什么一定要翻旧账呢？你们这么吵来吵去不嫌烦吗？离吧离吧，痛快点儿，你俩明天就去办离婚手续吧！"

我妈大声应道："听见没有，你女儿发话了，明天去民政局。"

我爸一声不吭，脸青得跟个没晒透太阳的苹果似的，龇着牙，瞪着眼，恨不得一口把我吃了。我爸跟我解释过，上次他跟我妈吵架是因为在单位跟同事闹了别扭，回到家又遭到我妈的数落，一时气急才跟我妈顶嘴的，他心里并不想离婚，他觉得日子还是能过下去的。

我知道自己惹了祸，再不赶紧逃，我爸真得扒了我的皮。我装肚子疼，赶紧跑进新家，在洗手间磨蹭了半小时。其间，我爸时不时问一句："你没事吧，要不要去医院看看？"

喂，老爸，我是怕你打我才这样的好吗？唉，撺掇爸妈离婚，我也真能干得出来！

No.3

第二天，他们两人指天画地的离婚，没有离成。

其实我也一直在担心，他俩别因为我的一句气话真的离了婚，那我会万分内疚的。我爸是个老好人，他还是想让我妈回心转意的。

有时候，我觉得我爸的忍让过了头，我给他出主意："该出手时就出手，杀一杀我妈的威风，这才是明智之举。"

可我爸说："你妈就这脾气，我不忍让她忍让谁啊？"

听听，要是有个模范老公的评选，我爸肯定当仁不让地名列榜首，但他的逆来顺受可真让我受不了。我甚至替他担心，他在我妈的作威作福中度过了十几年，而且一个愿打一个愿挨，万一他俩真离了，没有我妈管着，他的日子得无趣成什么样！

No.4

9月1日是学校开学的大日子。我的心简直要炸裂了，因为一大早家里又开战了。原因反正离不开那些七七八八的事。我爸已经被我妈数落得抱头鼠窜了，我也很狼狈，早饭没吃，更谈不上梳洗，只想快点儿逃离这个硝烟弥漫的战场。

我一把拉开家门，伴随着屋里我妈的咆哮："什么若愚，你本来就是真的愚，跟你爸一样愚蠢得要死。"

"我招谁惹谁了？骂我骂得这么狠。难道是我自己要生下来的？还不是愚蠢的你们把我带到这个世界上的。"我嘟囔着一把将门摔上。

我正要下楼，突然看到对门站着一个人，个头很高，身形瘦削，白色T恤衫上印着一个大写的M。

他是什么时候站在这里的？是听到了什么，还是伺机要做什么？我爸平时教我要防备陌生人。难不成……

我飞快地蹿下楼。

No.5

从家出发，过三个路口就能到学校。九月的天空湛蓝，让这个在雾霾之都里"自强不吸"的我受宠若惊。但我无心看蓝天白云，因为直觉告诉我有人跟在后面。我猛一回头，又没有人影。大白天难道活见鬼了？

为了早点儿到学校，我走路都带风了，甚至跑了起来，这对不擅长跑步的我来说实在是难为自己，但我更害怕那些电视剧里演的恐怖的陌生人，拿着一把小刀或者什么的，让你瞬间就跟这个世界说再见，或者把你关进小黑屋，那就更恐怖了……哎哟，想想就浑身直打战。

跑到学校门口，我再度一个紧急回头，竟然一眼看见了"大写M"——就是早上看到的那个T恤衫上印有大写M的人。

难道是他在跟踪我？

无论如何，既然到了学校门口，危机就算解除，我已经安全了。

No.6

从电脑分班的结果来看，我在高一（3）班。学校地图显示在西边那幢教学楼的第二层左边第三间教室。

路上竟然没有遇到一个初中同学，想找个熟人搭话都没戏。据我所知，我们班有五六个人考进了明致高中，但具体是谁，我不是很清楚，反正到时候都会见到的。

　　教室里坐了很多人，那些自来熟的已经互相聊起了天。我走进教室时，大家突然都对我行注目礼。

　　怎么回事？我大脑有点儿迟钝，从生理上讲，这是因为早上没吃早饭脑供血不足，脸色估计好看不到哪儿去；从现实意义上讲，我想起我还没有梳洗。我的妈呀，我的形象一定糟糕透了。

　　我往后退了一步，刚一转身，却迎面撞上一个庞然大物，撞得我眼冒金星。

　　那人频频说道："对不起，对不起。"

　　我眼前的那些金星逐渐消失的时候，我看到对面那人穿着的白色T恤上印着一个大大的M。

　　天哪！这个陌生人真是本领强大，竟然一路跟到了班里。

　　我正准备大喊"抓坏蛋"，已经有人先我出声："好帅哦！"

　　显然不是说我。教室外甚至传来一声："王大智，出来！"

　　"马上。"答话的声音是从眼前"大写M"的胸腔里发出来的。

　　他叫王大智？今天是愚人节吗？为什么起这么一个名字？管他呢，我得赶紧去洗手间梳洗一下，开学第一天，会有各种与帅哥有关的奇遇，我可不想被人围观……我是有自尊的好不好！

No.7

我从洗手间回来，路过教室前门，透过玻璃看到一个戴眼镜的和蔼可亲的年轻老师站在讲台上，看来是我们班的班主任无疑了。

门缝里飘出她念我名字的声音："杜若愚——"

教室里静悄悄的，同学们在左右张望。她又升高了音调喊："杜若愚同学没来啊？"

我一个大步上前，正要推门而入，突然听到年轻老师又说："刚刚有位同学叫王大智，现在又有位同学叫杜若愚，大智若愚，嗯，挺好的一对儿。一会儿等她人来了，这两位同学就坐同桌吧。"

我的大步及时在门口刹住车，尴尬地喊了一声："报告！"

"请进，你是？"年轻老师问。

"杜若愚。"我想我的脸瞬间红成了西红柿。

"哇……"教室里一片哗然。

我内心奔涌出一句句怼他们的话：不就是一个叫大智，一个叫若愚吗，有什么好哗然的？你们是得有多没见过世面，才会对这两个名字这么诧异！虽然几分钟前我听到王大智的名字时也很错愕。但我多淡定啊，我起码没表现在脸上啊！

"你叫若愚，还是个女生啊！"年轻老师也喃喃道。

同学们跟着一通起哄。我红着脸，走到"大写M"身边的座位坐下。再抬头看正在讲话的年轻老师，穿着短袖T恤配运动裤，长得挺好看的，可惜让这一身随性混搭的运动服给毁了。

因我们的名字而起的哄很快就被新的槽点取代了，班里有个同学名字竟然叫李白，跟"诗仙"李白的名字一模一样。我们望向那个叫李白的同学，高个子，黑皮肤，跟李白这样仙气十足的名字简直八竿子打不着。

李白同学的外号当场出炉：李太不白！唉，本是同班生，相煎何太急？让我说点儿什么好啊？

后来我们才知道，李白同学他爹给他取这个名字简直是侮辱了"李白"两个字，别说写诗了，他连三百字的作文都写不利落。

No.8

"大写M"向我身边挪了挪，低声问："同桌你好，你没事吧？"

原来真是他跟踪我！害得我心"扑通扑通"疯跳了一路。

"怎么样也不能亏待自己啊！"我向旁边挪了挪，跟他保持距离，然后低头收拾书包，把文具摆好。

"得先把跟踪者收拾一顿！"我恶狠狠地瞪了他一眼，补充道。

"我可是你同学啊。"他委屈地说道。

"我才不管什么同学不同学！再说我之前也不知道你是我同学啊！"我黑着脸，用右手撑着头，顺便捂着耳朵，不想听他多说什么。他可真有意思，开学第一天，竟然跟踪我！

"你真没事吧？"

"本宫好着呢！"

"哦。"他觉得这个话题聊不下去了，闭了嘴。

我的心可不平静了，话说，就在刚刚我瞪了他一眼时发现，他长得可——真——帅——啊！不，不能说帅，帅太表面，太肤浅，而是——太——好——看！

第二章　真相

　　旁边的王大智在小声说着答案，我不想听。他又拿笔轻轻敲了敲桌面提醒我。这次我听到了答案，但是我不想答。我爸妈都要离婚了，我还那么上进干吗？说不定我破罐子破摔，他们反倒和好了。

No.9

我和王大智在年轻老师的安排下不得不做了同桌。随着借橡皮、问问题、代交作业的次数越来越多，我们也越来越熟悉。

"喂，王大智！"我歪着头叫了同桌的名字。

"有事？"他问。

"你为什么叫王大智？"我想了想，终于抛出思索良久的问题。

"没有为什么，爹妈取的名字，大智若愚这个成语你应该听说过吧。在《词源》里的解释是：才智很高而不露锋芒，表面上看好像愚笨。"他反问我，"你为什么叫杜若愚？"

我知道的关于这个成语的解释没有比这位新同桌知道的多，但又不想显得自己太无知，只好说："也是因为你说的这个成语的意思。"其实我内心暗暗佩服，他可真有两把刷子，竟能把一个成语解释得如此透彻。

"其实这个成语还有一个说法。"

他又要说什么？我吃惊地问："什么？"

"从前，有个人叫大智，他有个好朋友叫若愚，后人为了纪念他们的友情，于是就有了大智若愚这个词！哈哈！"

"你瞎编的吧？"

"瞎编着玩儿，乐和乐和呗。"

"你为什么喜欢穿那件带M的T恤？"

"没什么啊，就是喜欢。你不觉得很好看吗？"

"不觉得。"我总是爱实话实说，并不想说违心的话，那件T恤除了中间那个大写的M，跟其他的T恤没什么不一样。

No.10

王大智不喜欢语文课，但他的语文成绩超级好。天底下就有这种人，老师爱护他们，同学羡慕他们，他们自己呢，还推说自己没有多厉害。我觉得他们都是装的，其实心里美得恨不得全天下人都膜拜他们呢。

"今晚难得的两节语文自习，我打算长睡不起。"他把头埋进了自己的胳膊里。

"我打算比你高尚一些。"我也把头埋进胳膊里。

"什么？"他问。

"不起——长睡！"我答。

"这我就得说你了，你语文成绩这么差——"

我用铅笔敲了敲他的脑袋："闭嘴，你可以找周公约会去了！"

看他真的打起瞌睡，我一万个想不明白，我语文成绩哪里差了？只是比他少考了几分而已，我的作文可圈可点，差不多能得满分呢！语文算是我的强项，这是和其他的科目相比较而言，但若总体来论，我和王大智的差距还真差了几个世纪。

从开学到现在，虽然才相处了半个月，但我已经从来自班上的众多传说中还原了一个他：从小喜欢计算机，初一跑去考计算机省级一级，竟然过了。初二开始研究电脑，折腾各种硬件，现在已成为电脑高手，同学电脑出问题都找他，他还给人组装电脑。基本上自己吃喝的花销都能挣出来。他还不满足现状，又一门心思学C语言和C版数据结构，还去现场报考计算机国家级二级，结果被轰了出来，那些报名的哥哥姐姐们恨不得掐死这个跟他们抢二级证书的小不点儿。初三开始学Pascal（计算机通用的高级程序设计语言），还参加各种比赛，又接触了C++，写2D图形程序。初三升高中的这个暑假闷在家里写2D图形引擎……

我好奇地问他，什么是C，什么是C++。

他说："看你天真无邪的眼神，就知道你没必要懂这些，因为这些都是大学专攻的东西。"

我的天哪！他这是赤裸裸地嘲笑我！

王大智说得对，我确实没必要懂这些，因为即使他说了我也不会懂。光是这么想想，我就觉得心理受挫。而懂这些的王大智，更让我感觉他像是大神一样的存在了。唉，他怎么这么了解我？实在可气。

No.11

老师布置了很多作业，我怕家里吵得慌，决定留在学校写完再回家。刚到家，只见家门大开！我惊觉不妙，一定是家里的两位大神又吵架了。王大智是和我一路回来的，我怕他看到尴尬的吵架场面，赶紧冲进家门，把门带上。

真是信神就有鬼，他俩果然开战了。这次似乎动了真格的，我爸收拾了两个行李箱，准备搬走。我妈说："你走，我巴不得你赶紧走，正好，若愚回来了，你决定吧，以后跟谁过？"

"我一个人过！你俩都走吧，一个回爷爷家，一个回姥爷家，我已经长这么大了，生活能够自理，一个人过完全没问题。"

我妈瞪着我说："你跟我过吧，不管怎么说，我还有套房子。"

我知道我妈指的是什么。我爸妈结婚时没房子住，住在爷爷分的一居室里，后来我妈想把一居室卖了换个两居室，我爷爷不让，我爸上班每月挣不了多少钱，买不了两居室。于是，战争隔几个月就爆发一次。我妈发誓要挣套房子，这不，梦想成真，扬眉吐气了。

No.12

虽然我极其反感他俩吵架，也会在气急败坏时撺掇他俩离婚，但我本意还是不希望他俩散了。假如他俩真离婚了会怎么样？假如我爸又结婚了会怎么样？假如我妈回心转意了会怎么样？

先来说一个假如，他俩离婚后，其中一方会不会把我据为己有，不让我见另一方？又或者他俩老死不相往来……太可怕了。好好的一个家庭怎么会变成这样？

一想到这些问题我的脑仁就疼。他们不是都说爱我，甚至为了我可以付出自己的生命吗？为什么就不能为了我对对方多一些宽容和理解呢？

大人的话，说出来挺容易，却也是经不起深度推敲的。

"杜若愚，请回答我提出的问题！"教思想政治的老汤又在点我的名。老汤就是那位老穿运动服的年轻老师，估计也就二十多岁不到三十岁的样子，她真名叫汤萌，听起来挺可爱的，但因为穿着比较随意，而且运动服显老，我们就称她为老汤了。

这是她本周第几次点我的名了？为什么总要点我的名？我木讷地站起来。然而刚刚因为脑仁疼，睡着了，我没听到她提的问题。

我答不上来，又一次让她失望了。

旁边的王大智在小声说着答案，我不想听。他又拿笔轻轻敲了敲桌面提醒我。这次我听到了答案，但是我不想答。我爸妈都要离婚了，我还那么上进干吗？说不定我破罐子破摔，他们反倒和好了。

我的消极态度惹怒了老汤，她拍了一下桌子，我以为她会把我赶出去，岂料，她只是雷声大，雨点小。她轻轻叹了口气，说："今天阴天，适宜在家睡觉，但你既然来到了学校，总要做做样子给老师看嘛！来，听好了，我给你讲一遍这道题。"

听了老汤这番话，我竟然抬不起头来，说不清是委屈还是感动，我的眼泪哗哗往下掉，弄得她手足无措，只好说："难道是我打断了你的好梦？那……要不你继续坐下来做梦吧！"

我坐下来，清清楚楚听到了同学们的议论，真真实实地瞥见了王大智从课桌下面递过来的纸巾。

No.13

离婚证放在饭桌上了。

我吃饭时一眼就看到了。我妈没说什么，我也没说什么。

有什么好说的呢！板上钉钉的事，两人离婚了呗。他们离婚是他们的事。我爸曾跟我说："你的撺掇只是外因，内因是我俩感情出了问题。"

他们说离婚不会影响到我，我的生活该怎么样还是怎么样，我问过同班同学林嘉嘉怎么面对父母的离婚，她就说直接面对，也没什么可怕的。她说的时候一脸的无所谓，我也以为我会无所谓。

可是当我爸妈真的离婚了，我却越来越没精神，越来越离群索居，懒得说话，懒得看黑板，懒得写作业，懒得做任何事。

我想林嘉嘉的内心未必像她脸上表现出来的那样无所谓，但要我也装作无所谓，我做不到。

我的懒散萎靡也直接被同学们感受到了，我越发明显地感觉到同学们不喜欢我，我也明显地感觉到听课越来越吃力。

老汤来家访，我妈像见到了救星一样，把她和我爸两人的离婚过程从头到尾说了一遍。可怜的老汤，还没结婚，就已经被我妈洗了脑，不知道自此会不会畏惧婚姻。如果真的这样，我妈可真是作孽啊。老汤走时，已是晚上十点，她对我成绩下滑的事只字未提。我妈对我的成绩一无所知。我俩相安无事。唉，这算哪门子家访。

第二天上课，老汤见到我，用力抱了抱我，安慰道："有些事情由不得你，但学习这件事，是你说了算的，加油，为你自己。"

我也想加油，而且我还有一个学习成绩那么好的同桌，他自然是我加油路上的一盏明灯，看来以后碰到不会的题，我得多问他。

但，我和王大智闹掰了。

原因是他把我爸妈离婚的事昭告全班了，这一切恰好被我撞见。

那天，我走到教室门口时，他正站在讲台上说："你们能不能对杜若愚态度好一点儿？她是因为爸妈离婚了才无精打采的，她爸妈离婚又不是她的错，我们是同班同学，要多关心她一些。"

"哟，她爸妈离婚不是她的错，难道是我们的错？"

"是啊，王大帅哥，你管多了吧！"

"你闭嘴！"王大智拍了一下桌子，从讲台上走下来。

我在门口站着，上课铃声迟迟不响，时间一分一秒过得很漫长。

终于，上课铃声响了，我踩着铃声闷头走进教室，我很想装聋作哑，但各种声音还是不由自主地进入了我的耳朵，我听到教室里不同方向发出各种叽叽咕咕的没有结束的议论，全跟我有关。

No.14

放学时，王大智追着要跟我道歉。我没理他，放学铃一响我就跑了。回到家写了一会儿作业，收到他的微信，还是继续道歉。

他的本意是希望同学们理解我一些，没想到弄巧成拙。但他说他会想办法补救的。呵，这样的道歉有什么意义呢？大家都知道我家里的事了！有什么好补救的！

我没回复他。我想一个人静静。

No.15

"爸妈离婚又没有什么见不得人的，谁家里还没有点儿烦心事，咱们班得有好几位同学的父母离婚了吧，你们有什么资格议论她？"我站在教室门口，听到王大智情绪略有些激动的说话声。

没有同学接他的话茬。

"谁的父母离婚谁清楚，万一哪天自己父母离婚的事也成为其他同学的谈资，岂不是会和杜若愚遭遇同样的尴尬？将心比心，大家是不是要更多地换位思考一下？"说到这里，他终于打住了。

教室里很安静，就连走进教室的我也没有再掀起什么流言蜚语的小波浪。

我想起他昨天说的他会想办法补救的那句话，他说到做到了。

　　王大智的出发点是为我好，怎么着也是好心好意，而且他那番话不知暗中得罪了多少同学，所以我不能那么没良心。

　　课间时，我递给他一个苹果，问他："当你感觉自己快要撑不住的时候怎么办？"

　　"少吃点儿啊！"

　　"说人话，怎么办？"

　　"用葱拌啊。"

　　"你想干吗？"

　　"地球是运动的，一个人不可能永远处在倒霉的位置。所以，很快你的好运就要来了。"王大智伸了个懒腰，若有所思地说。

　　"这话还算有点儿道理。"

　　"是啊，这是网上的一句话。"

　　"网上的话还用你跟我说！我以为是你想出来的呢。"

　　"在我跟你说之前，你不是也没听过吗？"

　　"也是，我现在好多了，好像爸妈离婚也不是多么严重的事。"

　　"当然，你别总是把自己想象成悲伤的女主角，给自己徒增一些苦情的戏码，你比很多人幸福多了，起码你妈还能跟你说说话。"

　　不知为什么，王大智突然黯然神伤起来，我不明所以，只回了他一句："我妈能跟我说说话就是幸福啊，那天底下幸福的人多了去了。"

　　"唉，有些事，你不懂。"

　　他的一番话让我摸不着头脑，我想追问，但见他顾左右而言他，就只好"嗯，哦"了两声，含糊地结束了这个话题。

第三章　龅牙妹

与此同时，我的龅牙中间的那条缝也让我操碎了心。班里有同学给我起外号——龅牙妹。虽然这外号起得很符合我的特征，但这样赤裸裸地说我牙齿不好，也真是可气。更可气的是连王大智都这么叫。

No.16

我爸住回了我爷爷家。

周末的时候，我会去看望爷爷。我不主动提起我妈，他们也不问。这样相处下来，偶尔会让我产生一种错觉，他们还没离婚，一切都跟以前一样。

我妈恢复到了之前那个对我态度温和的成熟女性的样子，关心我的学习和生活，晚上不加班时给我煮牛奶喝，主动要求陪我去商场买衣服。总之，只要话题不涉及我爸，我们总能平和地聊天。

我爸和我妈离婚两个月了，不知我妈是不是嫌我爸不念旧情不知道回来看看她，有一两次我妈犯神经，主动谈起往事，谈起我爸，还越谈越来气，骂他没良心。

我劝她："您别拎不清，你们俩都离婚了，他还会来哄您啊！真会异想天开！"

气得我妈两只眼白都快翻出来了。

我反倒觉得，他们如果能像这样各自平静一段时间，各自想想对方的好，说不定也就和好了，毕竟我曾经也见证过一段他们相爱的日子。

可是好景不长，我妈开始有追求者了，有人约她出去吃饭，她就给我叫个外卖，这时候我便觉得自己是一个多余的人。

我内心隐约感觉到有一天会失去她。况且有后爹就有后妈，反之也一样，这样的想法让我内心极度不安。

No.17

与此同时，我的豁牙中间的那条缝也让我操碎了心。班里有同学给我起外号——豁牙妹。

虽然这外号起得很符合我的特征，但这样赤裸裸地说我牙齿不好，也真是可气。

更可气的是连王大智都这么叫。

为了还击，我也给他起了个外号——王大鼻。他的鼻梁比较高，但这根本算不上缺点，叫他王大鼻也是因为实在想不出别的外号了。

"豁牙妹，我新剪的头发怎么样？好看吧？帮我拍张照片吧。戏剧社让交照片。"王大智把脸凑过来。

"就你这鼻子，换发型也没用。"我低头写作业，并不去看他。

他突然安静了。我抬头，只见一双凶巴巴的眼睛正怒视着我。

"好吧，我给你拍。"

"我说，你对美是不是有什么误解？我的鼻子难看吗？"

"不难看，怪我的手机太低能，没有美颜功能。"

"我这样的长相还用美颜？我本人就是盛世美颜好不好？"他一字一顿地说道，很是认真。

看，自信的人始终是这么自信！无论你用多么刻薄的话去说他，都对他没有杀伤力。

我也不是没有自信，但只是偶尔自信一下，经不起别人一点儿打击，人家一说我，我就觉得自己可能真的哪儿做得不好。不像王大智，自始至终坚定不移地觉得自己帅。

No.18

豁牙成了我喉间的一道刺，哽得我难受。只要一听见有人叫我"豁牙妹"，我脑袋就"嗡嗡"作响，恨不得要爆炸。

“我长得是不是不好看？”不知道为什么，我问了王大智这么一个白痴的问题。

“此话怎讲？”

“我的豁牙，同学们都叫我‘豁牙妹’，你也这么叫。”

“叫就叫呗，那有什么，你不是也叫我王大鼻？”

“那不一样，就算叫你王大鼻，你也是帅哥一个。”

“其实被叫作帅哥不一定能代表什么，这与说话人的习惯有很大关系，有时候就是随口一叫。难道你叫我王大鼻，我就真成丑八怪了？所以，别人怎么称呼你，真的不必过分解读。”

看看人家，百分之一万的妥妥的自信啊。我呢，人家一叫我豁牙妹，我就恨不得挖个坑把自己埋了。

王大智大概看出我的不自信，说道：“豁牙在法国被称为‘幸运牙’，你看为香奈儿COCO香水代言的法国女星凡妮莎·帕拉迪斯被捧为豁牙大美女，豁牙使她增添魅力；法国新晋总统马克龙的豁牙，不也很好看吗？人只要有了自信，就不会把这当一回事。而且豁牙是婴儿吸吮手指头形成的，你有豁牙，说明你像婴儿般天真可爱。”

“你心态真好，每天嘻嘻哈哈，没有烦恼。我要是有你这种心态就好了。”我低声说。

“我这样？”王大智的问号很让我错愕，我眼前的他确实是无忧无虑的啊。

他大概看出我的疑问，笑了笑说："生活不可能每天嘻嘻哈哈，有嘻嘻哈哈就有悲悲啼啼，欢喜悲伤是相辅相成的，你有的，我一样都不比你少，只是各有各的欢喜悲伤而已。"

"好有道理。"我点头，以示赞同。

上课时，我突然脑洞大开，开始思考一些有的没的：王大智是蓄谋已久要跟我说那番话的吗，不然为什么他会对豁牙的典故如数家珍？我知道他确实是学识渊博，但这些说辞就跟事先准备好似的！

也有可能是我想多了，我怎么能让我的小心脏冒起粉红色的泡泡呢……

我赶紧用右手捏了一把左边的胳膊，好像这样能够捏碎心里那些粉红色的泡泡。

No.19

学校有很多门选修课，日语选修课很受欢迎。班里三分之一的同学都报了日语课。

不知谁从哪里听到了风声，说教日语课的老师特别漂亮。

李太不白也报了她的选修课，谁知课上到一半他就飞奔回教室，我们以为传言与现实不符，让他大失所望了，正准备安慰他，他却铺天盖地赞不绝口，直夸那个老师多么会穿搭，说话多么温柔……

再上选修课时，日语老师的课堂被围了个水泄不通，男生女生都过来看热闹，我想搬一把椅子坐在过道里都插不进空。

王大智也在看热闹之列，竟破天荒听得很认真，下课还找老师唠嗑，胆子真肥。

我听到好多同学都说下学期要抢日语老师的课。我打量着离开教室的老师，说她长得好看吧，倒也还可以，不，好看是其一，应该说她讲课时的磁场很强大，能把日语讲成段子确实是挺有一套的。

老汤在课上得知很多同学下学期都打算选日语课，便拿话呛我们："你们都抢什么啊？有什么好抢的？王大智，听说你上日语课特别乖，不睡懒觉，也不捣乱，是吧？"

王大智一脸认真地说："那当然，我偶像嘛，不过老师您长得也还凑合。"

"我不和你一般见识！"老汤恶狠狠地望着他，扔下三个字"等着瞧"。

讲课照常进行。我小声对王大智说："你那么说老汤太过分了。她是班主任，每天咱们没到学校她就到了，咱们没走她不敢走，还得教三个班的政治，咱们班同学当中有那么多是出了名的有个性的主儿，她要管班级纪律，还要参加各种会议，忙着各种比赛，忙得跟陀螺似的，日语老师一星期就两节课，从时间上来讲，她俩根本没有可比性！"

"时间和工作上确实没有可比性，但她俩年纪都差不多吧，我就不信老汤不爱美！其实吧，刚才我也就是随口一说，老汤不会在意的。就像别人叫你豁牙妹，你也不必在意。"

无缘无故又扯到我头上！

第四章　高跟鞋日

　　教室里安静下来，大家不时侧耳聆听，不时向门口张望：没什么动静。过了好一会儿，一阵低调的高跟鞋声从远处传来。我们是在老师年复一年的监督下长大的，早已练就了听走路的声音就能判断出来者是哪位老师的本事。今天这高跟鞋的声音，听着很是陌生啊。

No.20

深秋时节是这个城市最美的季节之一。银杏树叶铺满了学校每个角落，被风扬起来，在天地间飞舞。

然而，心情不美，看什么都不觉得美。这么美的落叶却使我的心情格外低落。因为糟糕的成绩实在让我汗颜。而此时我的同桌王大智已经在学校锋芒毕露了。这对比，太鲜明了！

他不但是学霸，还是校园戏剧社的最佳男主角，校园广播站的几个女主持争着为他做采访，我望着他忙得不可开交的身影，真不知道他每天哪来那么多精力做这么多事。

我对他是羡慕得很，羡慕的同时又对自己不满意得很。看看他在学习和生活中游刃有余，再反观我，即使每天的时间全都用来学习，恨不得把每一秒掰成无数个微秒，可还是无济于事。我每天清早起来给自己打气，傍晚时，打的气全都泄了，一觉睡醒跟打了鸡血似的，傍晚时，鸡血全都干了……我拼尽全力，成绩还是不争气地停在原地，每次看到醒目的分数都只有一个感受——无地自容。

　　尤其是数学，老师讲得飞快，还没等我翻到下一页，他已经掠过十多页，对我这等眼和脑不能同步的人来说，数学考得惨烈也就不奇怪了。但数学老师的讲课速度对王大智来说并不存在障碍，他乐在其中，数学老师问的那些匪夷所思的问题，他都有办法解答。有时候，数学老师解题的速度放慢了，他就直接嚷："老师你这样的解题思路太绕了，我来。"数学老师对他的嚣张完全无视，伸出右手做了个"请"的姿势。然后用期待的目光望着他，他跑到台上，在黑板上写写画画，步骤才写出了三分之二，题还没解完，数学老师已经率先为他鼓掌了。而我还蒙在鼓里，没领会数学老师鼓哪门子掌。

　　这就是学霸和学渣的差距。

No.21

　　为了这该死的数学成绩，我的脑细胞不知道牺牲了多少。我也很好奇，王大智的大脑到底长什么样。

"我想打开你的大脑看看。"我托着腮，大脑开始游移。

"干吗？想谋杀我？"他侧脸看我。

"唉，你的脑子怎么那么聪明，数学一点就通。"

"同学，你难道不知道预习这个法宝吗？"

"预习这个法宝，小学老师就讲过了，可是现在连每天课堂上学的都应付不过来，哪有时间预习？"

"这就是你的问题了。我们都上高中了，老师只不过是讲得快了一点儿，讲得快的那些内容如果你稍微用点儿心预习的话都能自己学会的，老师在课堂上放慢速度讲的是重点难点，是必须靠讲才能让我们明白的高级货。"王大智放下手里的书，态度极其认真地说。

"那我也得先把之前的弄明白才能预习吧，我又不是不想预习。"我反驳道。

"古人云'书山有路勤为径，学海无涯苦作舟'，你的态度是好的。但古人还说'磨刀不误砍柴工'，你的刀太钝了，砍柴时都能把手硌伤了，你得找方法，要学会阶段性总结，找出重点要掌握的知识和学习规律，要把厚厚的书读薄。"

"哦。你真应该去当老师。"我若有所思地说。

方法我不是没找过，可是没什么用。这话我能对王大智说吗？说了不就等于告诉他我很笨了吗？唉，我真的是很笨！在我没说出来之前，至少他不会想象到我如此之笨。

"当老师？"王大智笑起来，"万一遇到你这样的学生怎么办？"

言下之意，还是说我笨！唉！若想人不知，除非己不笨！他和我同桌也有一段时间了，我的笨迟早也会暴露出来。

他大概看出了我内心的失落和无奈，收起开玩笑的表情，一本正经地说："但我是个好老师啊，我跟你说，掌握知识固然重要，但是掌握获得知识的内在规律和科学方法，比掌握死的知识更重要，课堂学习的主要环节是：预习—听讲—问疑发难—表达见解—复习—作业—总结提高。你明白？"

"明白！"

明白什么？只是不想再听他继续说我而已！但我又忍不住有感而发："如果我初中时就对数学多倾注一些精力，或许就不是现在这个样子了。"

"人生没有如果，只有结果。你现在要是不在数学上多下功夫，三年后，你还会发出这样的感叹，那时一切都回天乏术了。"

王大智一针见血，扎得我压力陡增。

No.22

学习成绩的退步，让我感觉高中生活无趣极了，内心里住着的那个叫自卑的家伙时不时跳起来咬我一口，让我的小心脏越发经不起风浪。唯一能让我提起精神的只有班里的八卦，或者想到我喜欢的TFBOYS——那个如朝阳一般的少年组合，他们有着干净的脸，有着阳光健康的状态。我喜欢在独自行走时戴着耳机听他们的歌。王大智总会突然把我的耳机拽下来。有一次我在上学路上边走边听歌，他趁我不注意，把我的钱包偷走了，害得我找了一天。最后他坏笑着把钱包还给我，顺便警告我，走路听歌很容易被小偷盯上。

"盯上就盯上，我妈给我的零花钱那么少，小偷偷我的钱包简直有辱小偷这个职业。"

"俗话说'贼不走空'嘛，零花钱再少那也是钱啊。不过话又说回来，既然你不怕丢钱包，为什么真的丢了那么紧张，还找了一天？"

"因为钱包里有一张我们一家三口的全家福。"我平静地说。我已经慢慢接受了父母离婚的事实。离婚确实是他们自己的事，对我而言，只是一家人不住在一起了，其他的，倒也没什么改变。

"哦，我不是故意这么问的。"

"我知道，但他们离婚是事实。"我不想继续这个话题，把耳机堵在耳朵里。

"你在听什么歌？"他暴力地夺过一只耳机，塞进耳朵里。我并没有拒绝。耳机里播放着TFBOYS的《我们的时光》。

我们好好珍惜好好感受

趁现在的时光

还能无所顾忌地嚷

也许童话里的情节是大人们说的谎

却能让我安睡到天亮

是要有梦想，有梦该去闯

欠世界一场漂亮的仗

雨路过操场，我却想赖床

能不能把完美放一放

撒野，撒野，在无人烟的地方

放肆，放肆，当坏小孩的模样

推开，推开梦里面的那扇窗

蝴蝶飞过了海洋

满身的泥土是我们的时光

狂欢的夏夜是我们的时光

青春的回忆够疯狂才永远都不会忘

多远都不会忘

年少和轻狂被大人夸张

是谁规定了对的形状

镜子里的我帅得很闪亮

这才是我真实的模样

……

"唱得挺好的。"在第二遍循环播放时，王大智如此评论。

我有点儿急眼："不是挺好的，是非常非常好，当然，人也帅。"

王大智两眼一斜，眉毛上扬，问："有我帅吗？"

"当然，必须的。"

"必须的什么？"

"必须比你帅啊。"

王大智好像很见不得我夸我的偶像，撇撇嘴演算他的公式去了。

No.23

午休时，同学们有的在做题，有的趴在桌子上小憩，还有的聊着天、听着音乐。每个人都沉浸在自己的世界里。

"嘘，惊天大秘密，汤大美今天简直惊为天人啊！"李太不白鬼鬼祟祟地从门口冲进来，表情极其夸张，仿佛真发现了惊天秘密。

"汤大美是谁？"王大智问。

"老汤啊！"李太不白答。

"她怎么成汤大美了？"我问。

"我刚给她起的名，大变样啊，保准让你们叹为观止！"他卖了个关子，一副严守秘密的大义凛然之态。同学们都不再理他，绝对不给他任何一个泄露天机的机会，看不把他活活憋死！

教室里安静下来，大家不时侧耳聆听，不时向门口张望：没什么动静。过了好一会儿，一阵低调的高跟鞋声从远处传来。我们是在老师年复一年的监督下长大的，早已练就了听走路的声音就能判断出来者是哪位老师的本事。今天这高跟鞋的声音，听着很是陌生啊。

"这是谁啊？"我问。

"你猜？想想我刚刚说的话。"李太不白果然沉不住气了，"答案很快揭晓。"

"李太不白，你别说话，憋着。"王大智捅了一下李太不白的后背，然后盯着自己的手指数秒，一副老谋深算的样子，少顷，说："老夫掐指一算，这个点儿来的除了老汤没别人啊，你见过哪个任课老师在午休时间来查岗啊？"

"说得对，可这脚步声也太不像她了。"我压低了声音说。

"这才有意思。"王大智望了望门口，又将头继续埋在了数学练习册里。

No.24

高跟鞋的声音在教室门口停住了。

大约有那么一分钟的时间，教室里所有人都屏住呼吸。然而，一分钟太长了，大家等得不耐烦，教室又传出叽叽喳喳的说话声。

当大家的期待已经冷却，没有人再议论脚步声时，教室的门"吱嘎"一下被推开了。教室里顿时沸腾起来，"哇哦"声里掺杂着几声热情的口哨。我揉了揉睡眼惺忪的两眼，捅了捅正埋头于数学题海的王大智："快看，来了一位气质美女。"

"哟，还真是老汤啊，一日不见，真当刮目相看啊。"王大智的话混在沸腾的议论声当中，给这沸腾又加了一些温度。

我仔细望着站在门口的老汤，只见她那身数年如一日的运动装不见了，取而代之的是一件红色短袖衬衣搭一条黑色及膝短裙，踩着一双从没见她穿过的黑色高跟鞋。她居然还化了妆，涂了淡淡的唇膏，整个人都有了光彩。只是那副架在鼻梁上的眼镜还没取下来。

"你们能不能低调点儿？" 老汤有些不好意思了，示意大家不要大惊小怪，可教室还是安静不下来。我看着王大智，说："这是冲你来的，谁让你说日语老师是你偶像的？这回你可真把老汤逼急喽！"

王大智"嘿嘿"笑了两声，站了起来，又故意咳嗽了两声，清了清嗓子说："老师今天可以啊，有约会吧？"估计全班也只有王大智敢这么对老汤说话，也不知道哪来的底气，他的胆儿向来都这么肥。

"我倒是想约会，但我跟谁约去？自从当了班主任，我哪还有自己的时间？要给你们上课，要陪你们跑操，每天都有不可预测的麻烦在等着我，每天都要往返于办公室和教室十几趟，我要是天天穿高跟鞋，脚还不得扭折了！真要扭折了，还不给我算工伤。"老汤的话让教室的沸腾归于平静。

"跟你们商量个事吧，老师也可以每天都打扮成你们喜欢的偶像样儿，前提是你们得同意我不当你们的班主任。这件事我跟校长提过，校长怕你们不同意换班主任，我说你们高兴还来不及，换个班主任对你们来说不是事对吧？各位意下如何？"老汤挑衅地问。

王大智梗了梗脖子，嗅了嗅鼻子："我闻到了一股醋的味道。"

老汤故意板起脸："说人话。"

王大智收起脸上的笑："老师，您素颜的时候美，化了妆更美！我们既想让您继续保持偶像形象，又想让您继续做我们的班主任。"

"你们……唉……我试试吧。"老汤呵呵笑着，王大智的机智应答使得教室气氛趣味盎然。

No.25

也许是高中生活太枯燥了，一丁点儿变化都会让班里沸腾数日。老汤的改变让全班同学充满期待，也让每天的校园生活变得很有意思。

为了做到两全其美，老汤煞费苦心。每周不定时地挑选一天精心打扮，踩高跟鞋，穿职业装，整个人焕然一新，气质棒棒的。我和王大智像着了魔一样，每天都玩猜猜看，猜当天老汤会穿高跟鞋还是运动鞋。每周她穿高跟鞋的那天，被我俩命名为"高跟鞋日"。老汤也像是故意美给我们看，有一次她穿了一件大红的连衣裙，上身套了件牛仔短外套，脚上虽然没穿高跟鞋，但是换了一双白色透气的运动鞋，鞋带还是大红色的，红鞋带配她的红连衣裙，一切恰到好处。

"老汤此举是想告诉我们，她其实也很美，只是她不想把时间花在化妆打扮这些事情上，因为每天有更重要的事情，可能对我们进行好的教育才是她认为的更重要的事吧。"我对王大智说。

王大智深以为然，但又不服气，非要跟我较劲："但她也意识到了应该将自己的美展现出来，她时不时给自己换换形象，更有助于我们形成正确的审美观和价值观，让我们对美产生积极的认识，不然会影响我们未来挑选另一半的眼光。"

"至于吗？我觉得她只是想告诉你，不要dog（狗）眼看人低吧，她要争口气不服输。"

"你说我是dog？！你要为你说的话付出代价。"王大智瞪了我一眼。

"什么代价？"

"我就这么一说。哈，你就这么一听。"王大智哈哈乐起来，又说，"你应该学学老汤。"

他似有所指？是说我不会穿衣服？我打量了一下自己，在学校里天天穿校服，校服再怎么穿，也穿不出花儿来！

"你看你的齐刘海，都长到耳朵后了，该剪剪了。"

"哦，我不是懒嘛。"

"懒是借口，不懂审美才是真的吧。"

"就你懂，就你懂！我知道自己不是日语老师那种类型的。"

我说了什么？我竟然提到了日语老师！这，好像我在跟日语老师进行比较似的。

王大智显然没料到我会扯出日语老师，看我的脸色是真的生气了，他讨好地冲我眨了眨眼睛，见我不为所动，他便静静地凝视着我，说："我也没别的意思，就是想告诉你，虽然你智力不在线，但你的颜值还是过得去的，只是你不自知。"

"智力不在线？要我看，损我就是你刚说的让我付出代价吧。"

"你说是就是吧。"王大智点着头，嘴上没有肯定也没有否定。

我琢磨着他的话：说我智力不在线，颜值过得去……意思是说人不聪明，但长相尚可……哦，由此看来他的话也不全是在损我，看来我在他眼里还是有优点的。

王大智见我似懂非懂，也可能觉得自己话说得有点儿多，为避免尴尬，只好补了一句："不过像你这么没大脑的人，说了也不懂。"话题到此结束。王大智打开厚厚的笔记本。他有很多个笔记本，不同的笔记本上标注着不同的重点，这些重点每天都在增加。我曾好奇地打开来看，净是些我看不懂的公式，看得我头晕目眩的。

我并非似懂非懂，而是在琢磨他的话，我是有多不自信啊！王大智一句无心的话竟然能让我纠结很久，真没出息！我恨不得要给自己两巴掌，让自己清醒一下才好。

好在，他恰到好处地结束了这个话题，不必去想怎么回答才好，也不必让我一直纠结下去。我翻了翻书，假装沉浸在书里，好半天才若无其事地"哦"了一声，对他说："我得赶紧埋头睡会儿觉，昨晚解题到一点多，眼睛都快瞎了。"

是的，坚决不能让他看出我的患得患失。

No.26

王大智将来要学理科，我们都知道理综不包含思想政治，所以他基本上不听讲，这让老汤心里不爽，又拿他没办法。

快下课时，老汤突然走到王大智面前说："你上课不听讲，不了解国家大事，其他成绩再好，早晚也都荒废了。"

王大智抬着头和老汤对视，可能觉得不礼貌，便从座位上站起来。他一米八的个子，老汤那天又没穿高跟鞋，怎么看都显得他居高临下，在气势上压了老汤一头。

他说："老师，没事，我年轻，有的是时间。"

老汤点点头，推了推眼镜："年轻不一定活得久……"

全班顿时鸦雀无声，真的是一点儿声音都没有。

王大智挠挠头，愣了半天嘟囔道："我竟无言以对。"

全班哄堂大笑。老汤也忍不住笑了起来。

"这是报应。"我借机挤对他。

"姜还是老的辣，汤还是老的浓。"王大智总结出至理名言。

"看来，以后你得唯老汤马首是瞻了。"我嘲笑他。

"她现在不但颜值在线，连智力都在线了，让她这样的班主任给反驳了，我心服口服。"

"由此充分说明我们这群人并不是光损别人的，遇到诸如老汤这种道行高的段子手不但能互相切磋还能彼此欣赏。"我乐呵呵地说。

"以后不能叫她老汤了。"王大智晃了晃头，似乎想到了什么。

"为什么？"我不解。

"人家不但改头换面，还成了段子手，叫老汤太小看她了，应该起个有个性的昵称。比如我就叫她汤大美！"李太不白插了一嘴。

"汤大美太土了。"我嘘他。

"你给想一个新的名字呗。"王大智把这项任务派给了我。

我略一思索，"我们叫她'萌萌哒'？"

"哈哈哈哈！这个名字好，用来提醒她每天都要打扮一新，都要萌萌的，给我们带来惊喜。"李太不白拍个巴掌，表示认同。

"难得，你跟'萌萌哒'一样智力在线了！"

"嗯？王大智，你瞧不起人。"

第五章　历史新低

　　虽然我不喜欢上数学课，但至少分数上还马马虎虎，都是该死的王大智没给我讲那道题，不然我能考得再好一点点的。唉，这次，我的数学真像烤馒头片一样"烤"煳了，煳得外焦里嫩。

No.27

冬天来了，我变得越来越嗜睡。

上那些听不懂猜不透的物理化学课时，我更想埋头苦睡。我想我应该成为那种一到冬天就冬眠的动物，不动声色地睡他三个月，一觉醒来，我爸妈没有离婚，我考试没有考砸，我的豁牙不见了……什么都没有发生，只有春暖花开。

可是该死的考试还是如约而至了，即使埋头苦睡也逃不开这即将到来的血光之灾。

我被一阵说话声吵醒，上午第三节课已经结束。课间，同学们正热闹地说着话。我想继续沉睡，恍惚间想起：有道数学题还没解开，得赶紧问王大智。

翻出作业本，我双手毕恭毕敬地把本子呈到王大智面前。

"等会儿，没看见我在打游戏吗？"王大智侧开身，置我的作业本于不顾。

游戏？玩游戏连同桌都不理了，简直没人性。我把本子收回来，暗自在心里发誓不再求他。

"你别问了，问了你也不懂，还是再睡一会儿吧。"李太不白又来火上浇油。

王大智没心没肺应着他："她不算笨，就是不知道出门时有没有把脑子带出来，你看这么简单的题，在中间画根线，是不是啊？"

他只看了一眼题，就知道要怎么解，我已经看了好几个课间，也没找出半点儿思路。

但他说我没把脑子带出来，这我可不爱听，太伤自尊了，好像我一无是处似的，难道我的作文没拿过奖吗？难道语文老师没表扬过我吗……

哪有他说的那么差劲。

等他玩完了游戏，问我要问哪道题时，我侧过头不理他。我想自己把这道题解出来。

No.28

我瞄了十分钟也找不出线应该画在哪儿。

可气的是那天下午，数学老师宣布要做小测验。那道被王大智拒绝过的题赫然在目。他似乎也觉察到了什么，歪头看看我。我假装没看见他，低头做题。

半个小时过去了，我做完了70%的题，剩下的30%怎么想也不会做，那道只用在中间画根线的题占了15分。

我的胳膊肘被什么碰了一下，我眼神往旁边移了个位，王大智把试卷放在靠近我的一侧。

我望望试卷，轻轻咬了一下嘴唇，最终把眼神收了回来。

我要告诉他，我不看，我是有志气的。

他轻轻叹了口气："赌什么气啊！"

我在心里回他："我就赌气怎么了！"

他和我都知道，我必将会考砸。

No.29

67分！真是晴天霹雳。

第二节课的课间，测试成绩就出炉了。我考了67分，考出了历史新低。

虽然我不喜欢上数学课，但至少分数上还马马虎虎，都是该死的王大智没给我讲那道题，不然我能考得再好一点点的。唉，这次，我的数学真像烤馒头片一样"烤"煳了，煳得外焦里嫩。

我脸上阴云密布，王大智也识趣地默不作声。

前排李太不白发起神经扯开闲篇，讲着冷笑话："考试前，学习好的孩子们都说'我去考试了'，学习不好的说'我去！考试了'。"

我越听越不是滋味，他跟我有仇吗？我考得不好，他就故意讲这样的冷笑话。我拎起书包急匆匆走出教室。身后传来桌子的碰撞声，王大智大声吼道："你讲什么不好，偏讲这种笑话，很好笑吗？"

"哟，不就说了一个笑话嘛，你至于吗？我又没说你。"李太不白直接顶回去。

"但是，但是也不应该……"王大智的声音似乎底气不足。

No.30

回家路上，我那测验失利带来的坏情绪竟一扫而光。是因为王大智为我出头吗？我自己也不清楚。唯一能解释的是，我看过一篇文章：如果一个男生老是说一个女生丑，说她脾气坏，但有时又有意讨好她，那八九不离十是这个男生喜欢这个女生了。

也许他是喜欢我的，也许是我想多了。

王大智跟在我身后，说："喂，我给你讲讲那道题吧？"

"不用了，谢谢。"

"别呀，那道题挺难的，我开始以为画一根线就行，后来才想明白没那么简单，我给你讲讲吧？"

"不用了，真的谢谢。"我跑了起来。

我特别不擅长面对这样的尴尬场面，无论是起了争执还是闹了矛盾，无论跟谁，我都不知如何是好。

我觉得我是一个很麻烦、很矛盾的人，有时候确实是别人错了，主动来道歉，要命的是即使我知道应该说些什么，但我就是说不出口，我不知道怎样接受。

有时候确实是我做错了或者自己无理取闹，明明知道自己不对，明明晓得怎样做、怎样说是最合适的，但我就是别扭得不想做、不想说。

我跑得并不快，体育不是我的强项。当我跑到家拿出钥匙开门时，王大智也站在他家门口。我们谁都没再说话，楼道里安静极了，连我自己的呼吸都听得见。

为了避免不必要的尴尬，我飞快地躲进门里。我发誓，我要把那道题弄明白，绝对不求王大智。

No.31

关了家门，放下书包，我竟然有些不放心，透过猫眼看对门，他已经进屋了。

我不放心？不放心什么?！我提醒自己：赶紧解题才是王道。

我打开书包，找出数学课本，翻到那道题可能涉及的公式那页，接着打开作业本。

哗啦，一张纸条从作业本里飘出来。我捡起地上的纸条，上面罗列了一些解题思路，但并不是完整的解题过程。

这是谁的？什么时候放我书包里的？解的是哪道题？

我大约真的需要冬眠了，我连继续想这张纸条来历的心思都没有，就随手将它扔到了桌角。好在因为正在和王大智赌气，我意志比较坚定，暗自发誓要在"冬眠"之前把那道题解出来。

到底怎么解呢？我已经吃完了两个苹果，解题思路还是云里雾里。忽然，我的眼睛瞥见桌角那张纸条上的第一个公式，恍恍惚惚套进题里，咦，不就是这么解吗？

不对，还没解完，下一步应该怎么办？想了一会儿，还真被我蒙出来了。再想下一步时脑子又卡壳了，再看一眼纸条……

断断续续地，一个小时过去了，我终于解开了这道世纪难题，终于可以在王大智面前一雪前耻了！

不对，这纸条到底是谁放的？

唉，真是够了，这么弱智的问题还用问，必然是王大智呗。

该死的家伙，竟然又施恩于我。

No.32

"是要有梦想，有梦该去闯，欠世界一场漂亮的仗……"

我得意地笑啦！真是要多开心有多开心，那道难解的数学题让我给搞定了。我当然要哼一首歌表达我的心情。

我妈回来时见我心情不错，问我是不是有什么高兴的事。

我说喜和忧兼而有之。高兴的事是我解开了一道大难题，但不高兴的事也有，那道大难题是下午测验时卷子上出的题，当时我不会，所以拉低了成绩，只考了67分。

我妈若有所思地望着我："不管怎么样，现在已经把题弄懂了，学习不在于考了多少分，最重要的是你会不会，有没有掌握。"

哦！嗯？这还是我妈吗？

她以前可不是这样，对分数要求严着呢。她经常说，学习难道不是为了考高分吗，要是考不了高分，将来怎么考大学？分数是特别重要的，即使你平时都会，但考试时考不了高分，那不是一样前功尽弃吗……

现在她的逆转太反常，难道是离婚给她带来了巨大的打击？

No.33

不给我讲解数学难题这事不算大，只是我和王大智之间的一个小疙瘩，他已经意识到因此影响了我的成绩，所以态度诚恳，每个课间都问我这道题会不会，那道题要不要讲讲。

我大人不记小人过。王大智向我示好，我也就顺水推舟，得饶人处且饶人了。他问我时，如果是会的题，我就点头，不会的我就摇头。下了第三节课，他又要给我讲题，我没点头也没摇头。

他问我："你是不是不舒服？"

"我要上厕所！憋死我了。"我嘴里硬生生挤出这句话。

"那你快去。"他也急了，"憋不住了不早说，害得我也憋着给你讲题，以证明我是真的乐于助人。"

我数学不好，他找时间帮我补，我值日时够不着黑板，他拿过板擦帮我擦。有这样的同桌真是好啊。

我默默地看着正在记笔记的王大智，思绪又跑偏了。为了不让自

第五章 历史新低

己开小差，我奋笔疾书地记下老师讲的内容。王大智指了指书本，我以为他又要找我讲笑话，小声说"去去去"，等我密密麻麻地记完了一行又一行，突然看到他在书本上画下了重点，下划线上的字和我记下的一模一样。

　　下课时，我朝他胳膊抡了一拳，打完方觉自己太暴力，太有失形象。但我顾不了这些，我问他："为什么不早说？"他不还手，只是坏笑着说："我早说过啊，是你让我'去去去'。"

　　没错，是我让他"去去去"的，真是自作孽不可活！

第六章　光芒万丈

　　没人对王大智受一堆女生欢迎的事感到奇怪，他颜值在线，一米八的个子，形象健康向上，学霸，理科男，文笔好，简直就是少年得志的楷模。

No.34

王大智帅得太高调，打篮球时有很多女生自发地为他呐喊，他参加竞赛，有女生为他送水，竟然还有女孩为他成立了粉丝后援会。好几次放学，都有女生鬼鬼祟祟地跟踪王大智。他经常和我一起走，间接地，我感觉自己也像被跟踪了，长此以往，我很容易成为众矢之的。为了不给自己树敌，我时不时找借口不跟他同路。

没人对王大智受一堆女生欢迎的事感到奇怪，他颜值在线，一米八的个子，形象健康向上，学霸，理科男，文笔好，简直就是少年得志的楷模。估计女生们的家长要是知道自己孩子喜欢上这样的男孩都不会横加干涉，反而期待借机提高自家孩子的学习成绩。

相比而言，喜欢王大智的女生要靠跟踪才能了解他，要是让那些粉丝后援会的女生知道我和他不但是同桌，还住对门，她们还不得掐死我。

No.35

王大智家经常有莫名其妙的敲门声，不是他爸也不是他妈，我见过他爸，但从未见过他妈。那些敲门的都是背着书包的女生。

明明王大智和我前后脚进的家门，但他家的门被敲了十几下，也不见他出来应声。

敲门声此起彼伏，扰得我写不了作业，于是我戴了顶帽子，遮着半边脸，打开我家的门，问："找谁？"

一位女生说："找一个高高帅帅的叫王大智的男生。"

我嘀咕一声："又是来找他的，他搬走了。"

女生急切地问搬到哪儿了。我回复："不知道，太多人来找他，他嫌太吵了影响学习，也许搬到一个安静的地方去了吧。"

说完，我退回家里。在关上门的一瞬间，女生眼疾手快地把怀里抱的零食塞进我怀里。

我，厚着脸皮收下了。

我抱着零食进门，用脚把门踢上。

这女生真有心，买了薯条、干果……我把它们放在桌子上，回想起刚才那一幕，我这算不算搭救了王大智，也让女生死了心？我刚要打开薯片吃，又想到那个女生，还是有点儿不放心，就悄悄走到门口，透过猫眼，看那女生站在王大智家门口，呆立了几秒，转身离开了。

几分钟后，我家有人敲门。

我心一惊，不会是那女孩知道我忽悠了她，杀回来报复的吧？

我光着脚，悄声地来到猫眼前，谨慎地趴在上面看，是长得好看的王大智。

门打开了。

"谢谢你帮我解围啊。"王大智一脸开心地说，"明天我请你吃午饭。"

"不必了。"我手里正拿着一包薯片，"刚刚那个女生准备送给你的垃圾食品，扔了怪可惜的，都被我吃了，就当你已经谢过我啦。"

"这不算的。"

"也是，这是陌生人的食物，也不知道薯片有没有毒。"我握着手里的薯片说。

王大智狠狠地瞪了我一眼："把我的迷妹想成坏人，你这是什么阴暗心理啊，真是的。"说完，从我拿着的包装袋里抓了几片塞进自己嘴里，"要死一块儿死。"他的一系列动作看得我目瞪口呆。

"说好了，明天中午一起吃饭啊。"

"我……"

"你怎么在家不穿拖鞋啊？"

"我……"

他家的门已经关上了。

No.36

王大智如约请我吃饭。

上午最后一节课是思想政治，铃声一响，"萌萌哒"刚说了下课，离教室门口还有一步之遥，王大智已经从老师身边的空隙钻出了教室。动作麻利得如一只身轻如燕的大鸟。

"这倒霉孩子几天没吃饭了？""萌萌哒"望着消失在楼梯转弯处的身影，自言自语道。

王大智去食堂占地方了。他想占二楼左边靠窗户的位置。以前我们也一起吃过饭，但还有李太不白他们几个一起。这次，我怕被人看到我俩一起吃饭，于是磨磨蹭蹭的，假装跟他没有约会这回事。

鬼鬼祟祟的感觉真让人不舒服。

我躲躲闪闪地走上二楼，生怕遇到同学。这是我和王大智第一次单独吃饭，万一遇到同学可不太好啊。虽然他只是为了答谢我才请我吃的饭。但若是被同学们加以渲染，那后果可就不堪设想了。

食堂里人满为患，吵吵嚷嚷，每走一步都很艰难。

王大智先看到的我，他朝我招手，全然不顾周围人的目光。

王大智显然低估了他的吸引力，只是一个招手已经彻底把他暴露了。他的迷妹们围上前去要他的微信，有的借着问数学题的名义跟他搭话。

天哪！他是多有女生缘啊！

我的位置已经被其他女生坐上去了。虽然王大智帮我打的饭赫然放在桌子上，但那个女生权当没看到。我端过王大智对面的那只餐盘，默默地准备坐到旁边的座位上，他却对坐在我座位上的女生说："那是她的位置，请让一让。"

那女生看了我一眼，脸上赤裸裸地写着"恼羞"两个字。

王大智并没理会她有什么表情，张罗我坐下。

在几个迷妹圆瞪的怒目下，我局促不安地坐下了。

尴尬吗？真尴尬！开心吗？真开心！

迷妹们并没有走，而是留下来继续问他各种问题，他象征性地应付着她们。我默不作声地盯着我的餐盘：里面有一颗卤蛋、一只鸡腿，还有两份青菜，他的餐盘和我的是一模一样的。我饿极了，吃的速度极快。

食堂的饭菜真不错，我已经连续在食堂吃了一个月的饭。话说一个月之前来食堂吃饭的人屈指可数，因为那饭实在太难吃了，菜里油汪汪的，好像油不要钱似的，鱼是先炸后炖，不知道搁了多少调料，吃到嘴里已经没有鱼味儿……所有的菜里最好吃的竟然是不要钱的咸菜。同学们都说学校食堂拿我们当小白鼠做实验呢，不知道给我们吃的什么，用的什么油。

好在，小白鼠实验只进行了一个月，一家新公司承包了我们的食堂。据说校长只对食堂老板提了一个要求，食堂里米面油的质量必须要有所保障，学生们都在长身体，可不能因为贪图便宜就用不好的东西。如果食堂经营有困难可以跟他提，他去想办法解决，但绝不能从学生的嘴里省钱。

换了承包商之后的食堂果然焕然一新，我们看着放心，吃着也放心。来食堂吃饭的人越来越多，排队的时间也越来越长，看来校长要为食堂扩建的事发愁了。

No.37

他们聊他们的，我像个局外人低头吃我的。

迷妹们的兴致很高，跟他东拉西扯聊些乱七八糟的话题。王大智只得聊一会儿吃一口。看这架势，他们的聊天一时半会儿结束不了，就算他想走，那几个女生也未必肯放过他。我餐盘里的菜和米饭已经清出来了。他们聊天我听着，倒显得我多八卦多多余似的，我可不想当多余人。

吃完饭，我默默地端着餐盘送到清理处，也没问王大智吃好了没，独自往教室走。

我走出好远，听到王大智窘迫地说："我还有作业没写完呢，回头再聊吧。"

"你吃饱了吧，包里还有吃的吗？饿死我了。"王大智气鼓鼓地回到座位上，伸了五个手指头问我要吃的。

我从书包里翻出一包饼干，他嘎巴嘎巴嚼得特起劲。

"昨天那个女生送你的零食被我吃了，我真不好意思再吃这顿饭。你看，害得你都没吃饱。"

"主要是大智的魅力太大。"李太不白从后面一把搂住了王大智，"你俩想单独吃饭，结果被迷妹搅和了，哈哈。"

"就你知道。"我白了他一眼，"我跟你不也一起吃过饭吗？谁跟谁没一起吃过饭啊？被你这么一说，好像怎么了似的。"

"我可没说你俩好像怎么了似的，是你此地无银三百两。"

“你！”

“别理他。”王大智别过头，留了个后脑勺给李太不白，接着问我，“你数学作业写完了吧，下午要交。”

我还没回答，李太不白嚷嚷开了：“哎哟，我的作业还没交呢，借我抄抄。”

我和王大智相视而笑。有时候我觉得人跟人相处起来真的很有意思，两个人了解到了一定程度，常常一个眼神就心领神会。

下午还没到放学时间，王大智已经吵着饿了。

“我包里没有任何可吃的了，只有同情的份儿。

“看来迷妹太多，也不是什么好事。”我落井下石道。

“没办法，人长得太帅嘛。”他话音刚落，我就听到他肚子发出“咕噜咕噜”的声音。看来他是真饿了，不是装的。

他苦着脸：“下次我还是蒙着脸去食堂吧！”

No.38

回到家，我通过手机微信发给他一个十五块钱的红包，上面写着“饭钱”。

不一会儿，我家门被敲响了，王大智站在门口，冲我嚷：“你太不够意思了，请你吃顿饭，还给我饭钱，下次不和你一起吃了。”

"下次？我怕被你粉丝后援会的人掐死。"我故作紧张地说。

"唉，真不知道我哪儿好了？"王大智嘚瑟地说。听听，这欠揍的劲儿！

"我也不知道。"我脱口而出，是为了杀杀他的自我感觉良好的威风。

他呆若木鸡状："咱俩是同桌，你怎么能不知道我哪儿好呢？"

"这个，我确实不知道。不说了，我要赶紧回去写作业。"

我对王大智下了封口。他识趣地没再吧啦吧啦往下说。在返回他家之前，他可怜巴巴地求我："昨天的零食还有剩的吗？我先垫一垫。我家已经弹尽粮绝了。"

我进屋从桌上又拿了一包饼干扔给他。

我把整个人扔到沙发里，学习了一天，就跟打了一天仗似的，累得浑身散了架，我得休息一会儿，把散了架的身体集合到一起，才能打起精神继续战斗。

趁着休息的时候，我重温了一遍王大智说的话："你太不够意思，请你吃顿饭，还给我饭钱，下次不和你一起吃了。"

看来以后我们还能经常一起吃饭！

哈哈哈！我傻笑起来。我可不怕被粉丝后援会的人掐死。我不是贪生怕死的人，哈哈哈。

No.39

人说狗欢无好事，一语中的。我的好心情持续不到两天，不速之客来了。

李太不白在教室门口喊："王大智，有人找。"

"王大智不在。"我回应他。我左边的座位是空的。

"杜若愚在吗？"李太不白又问。

"在。"我应着，脑袋很快转过弯来，"不是找王大智吗？怎么又找我了？谁啊？"我自问自答走到教室门口。

门口站着一个高高瘦瘦的女生，短头发，双眼皮，皮肤白皙，看起来很面熟，然而又叫不上名字。

她对我说："学习不好就离王大智远点儿，就你这学习成绩还想和王大智凑成组合，真是白日做梦。"她声音很轻，杀伤力却不小。说完，不待我解释已转身离开。

"你说什么呢，什么组合不组合的？"她都转过楼道了，我还在原地愣神。这人不分青红皂白来这么一通，真让人心里堵得慌。王大智光芒万丈也就罢了，怎么我还得跟着受这份委屈。她又是何方神圣？

"一班的班长贺青竹，年级前十，学习比你厉害，说话才敢这么冲。"李太不白双手交叉抱于胸前，一副很了解内情的样子。

"她家大人没教她应该怎么说话吗？这么没礼貌，光学习好有什么用！没见她一说完就赶紧逃走了吗，她这是心虚。"我也生气了，可惜这个贺青竹此时不在眼前，若是在，我非好好说说她不可。

"别生气了，人都已经走了，想好下次遇到时怎么用语言对付她吧！"

这个李太不白，怎么那么多话？唉，我怎么老是马后炮？

No.40

我以为，有些事情不去想，就可以当作不存在。

比如贺青竹的那番话，"就你这学习成绩还想和王大智凑成组合？真是白日做梦。"我从来没想过要和王大智凑成组合，我们就是很好的同桌，很聊得来，但仅此而已。是的，仅此而已。

"这有什么好生气的！咱俩凑不凑得成组合这是未知数，但贺青竹嘛，肯定没戏。一看她那趾高气扬的劲儿，我浑身都起鸡皮疙瘩。"我正走着神，一边冷不防传来王大智的声音。

我压抑住内心的得意，淡淡地回他："我也觉得你看不上这样的女生。"转念一想，要是贺青竹听到这话得多失落啊！我竟然替贺青竹操起了心，真是闲的。还是为我自己操操心吧，学习成绩如此折磨我，我又对数学提不起兴趣来，每天感觉迷茫——迷茫——迷茫。

"什么迷茫，你那就是懒。"王大智拿笔敲我的脑袋。

"我不懒啊，我一直很勤奋地学数学啊。"

"不是所有的勤奋都会有收获的，你要让自己提高学习效率。比如课后十分钟，趁着老师刚讲完，自己脑子里还有点儿印象，抓紧时间做题，这不就巩固课堂的知识了吗？如果不想做题，也可以回想老师在课堂上讲了什么，课间十分钟如果用得好，晚上都不用熬夜复习了。"

"有这么神吗？"

"不信你试试。你老说自己勤奋，但是一边做题一边开小差，一个小时解不了一道题，不迷茫才怪，要我说你的迷茫就是懒造成的，我说的懒不是指你的表面状态，而是你的大脑状态，不思考。"

"可那些题我真的不会。你是站着说话不腰疼。"

"同学，羡慕现在的我吧，但不是所有的题我都会的，我也是在做了无数道题之后才发现稍微一动脑，那些难做的题就有解的，解开之后很有成就感、很有乐趣。"

"我没这种感受。"

"那是你根本没发动每一个脑细胞去想，没有多问自己几个为什么。怎么说呢？数学虐你千百遍，你待数学如初恋。你要有这种精神。你一天晚上刷十道题试试，三个月之后，你的数学保证进前

第六章　光芒万丈

十名。"

"你胆子太肥了吧，还敢给我保证？我自己都不敢给自己保证。"

"进不了前十名，我请你吃饭。"

"进了前十名呢？"

"还是我请你吃饭啊。"

"一堆迷妹围着你，你们聊天，我听着，你还吃不饱。这样的饭，算了吧。"

我记得那天吃饭的盛况，我可不想坐在那儿干巴巴地当空气。

第七章　退步奇迹

他这是想得开还是想不开？看他强颜欢笑，我不禁同情起他来。站在塔尖的人，哪能那么轻松？我总羡慕他学习好，可能他脑子确实聪明一些，但学习这回事，也不是光凭脑子好就能考第一的，背后他下了多少功夫，只有他自己知道。

No.41

整个冬天，空气特别干燥。

我经常仰望天空，盼望天空能阴云密布，盼望空气湿润起来，但天空一粒雪花也没飘下来。这种天气让人特别不适应。每当天阴沉下来，我总在无声地祈祷：老天，下点儿雪吧。雪花是个狡猾的家伙，它也就是借着阴天虚晃一下，隔天天空就不阴了，满天满地尽是雾霾。没有雪的冬天感觉细菌病毒都多了，班里隔三岔五就有同学病倒。

微信朋友圈里甲流来袭的文章传播甚广，弄得人心惶惶。学校也下了通知，只要发烧到38.5℃，就要回家隔离。落实到年级和班级，力度又变大了，只要一有同学感冒，"萌萌哒"就动员其回家隔离。隔离的同学乐得借着感冒在家好好休养几天。

不到半个月，教室就空了一大片，好冷清。

我也盼着感冒。这样就可以请假回家待着了。这几天，我那个强大的妈出差了。她是作家，经常参加笔友会，她一出去放风就高兴，经常忘记给我打电话。

"你可真是我亲妈，外出好几天也不知道问问我过得怎么样。"我刚跟她发了一句牢骚，她就反驳我："不问吧，你嫌我不问，问了吧，你嫌我啰唆。我不给你打电话，你可以安安心心地学习。"

"那倒是，少了你的絮叨，感觉时间都有了富余。"

"我看你也不是我亲闺女。"隔着电话，我都能感觉到我妈的脸气得变黑了。

No.42

我妈是外地人，她从专科学校毕业后一路努力打拼，现在是一家出版社的总编辑兼专职作家。她揽的事太多了，除了管理单位里百十号人，还写书。逛书店时，每当看到书架上摆着她写的书，我就不由得为她骄傲，把她跟我爸争吵时的狰狞面目忘得一干二净。

我妈不吵架的时候还是很有气质的，尤其是她看书写字的时候，真是一副文化人的样子。但她到底是个俗人，也是吃五谷杂粮的，书架上的那个她是一个假的她，生活中的她才是真实的她。她也会为了别人停的车挡住了她的车而生气，也会说出不好听的话，"谁的破车啊。"其实，那车一点儿都不破，但她非要这么说才解气。

因为我妈是个作家，从小我就备受关注和非议。小学时，市里或者区里有作文比赛，只要我得了一等奖，一定会有人说："杜若愚她妈是作家，她不得一等奖谁得一等奖？""她妈只要动动手指头，她就能得一等奖。""她妈和那些评委都认识，这个……"

事实上呢，我妈压根不知道我报名参加作文比赛的事。有一次，我妈作为颁奖典礼的嘉宾来我们学校参加活动，巧的是她给我颁奖。我妈看到我上台，激动半天。我俩一左一右站在台上，但凡认识我们的人没有不往潜规则里想的。也是我傻，上小学时，老师让同学们介绍自己妈妈的职业，有当老师的，有当老板的。我就说我妈是作家。

现在想想，我有个懂文学的妈还真是给力，她逼着我读了很多书，我也越来越体会到阅读的乐趣，再大一点儿，我偷偷参加各种作文比赛。直到获奖，我妈才知道。

"你比你妈强，年纪这么小就能在全校拿奖，你妈当年上了大学才开始写作的。"我记得我妈当时是这么鼓励我的。

上了初中以后，学业时不时让我沮丧，我试探着问我妈："我要是考不上本科，上个专科是不是也行啊？"

"时代不同了，你妈那时候可以是专科毕业，但你不可以，在大学里接受教育的氛围不一样，那些氛围会让你拥有大的格局，当然并不是每个人上了大学都有大出息、大格局、大作为，也不能把没有上大学的人一棍子打死，每个人是不同的，但我还是希望你能考一所好一点儿的大学，为你未来的人生做一个铺垫。"

讲道理，我妈是认真的；讲道理，我妈总是赢家。

No.43

王大智没来上课。不知道请没请假。

身边少了一个人，总感觉空落落的。有时我忘了，忽然转头想问他题，刚说了声"喂"，发现旁边只有空气，还真让人怅然。我决定按照王大智说的那样刷题了。无须多言，开始我的刷题生涯吧。然而，我到底还是没有做到无须多言，因为在开始刷题生涯之前，我已经筹备了一天，应该说是磨蹭了一天。我很郑重地买了一本新的刷题本，我在纸上记下时间，把题抄上，准备在晚饭后费劲地啃。

进家门前，我特意侧耳聆听了一下对门是否有动静。仔细听，再仔细听，再怎么仔细听也没有一丁点儿声音。他家平时就没有声音，好像没有人住似的，此时更是一样。

楼道里有人说话，是邻居要上楼，我赶紧拉开自家大门，躲回家里，以免被人家误以为我有什么不良动机。

No.44

晚饭后我躺在沙发上，有点儿小困。想睡，又睡不踏实，因为还有作业没做，不过也不用着急，老师们突然跟约好了似的，对我们手下留情，没留太多作业。

我还是决定小憩一会儿。

醒来已经是10点，也许是最近一段时间学习太累了。醒来后，我只想看会儿小说，总之就是不想刷题。

几天前，我迷上了《追风筝的人》这本小说，几十万字，我恨不得一口气把它读完，但时间不够用，写完作业已经是后半夜了，好在小说情节足够吸引人，看到半夜三更也不觉得困。

这样的代价是第二天上课直打哈欠。我看书的速度极快，用我妈的话说：我看书就跟吃书似的。《追风筝的人》我只用了四个晚上就看完了。我妈没有阻止我熬夜看小说，只劝我看一会儿就睡，其实我知道她心里着急，担心我把太多精力放在阅读课外书上，将来考不上好大学。

现在倒好，我妈不在家，连个督促电话都不打来，我真怀疑我是不是她亲生的。《追风筝的人》看完了，再找一本看？还是算了，老看小说，那些题谁来刷？我还是自觉一些吧。

我翻开刷题本，眼睛停在第一道题上，这是之前老师讲过的一道题，说是很多学生都容易在这道题上出错，让我们一定要记住这道题。

我在大脑里搜啊搜，大脑像是死机了，没有半点儿印象。这题可真是块硬骨头，不，所有题都是硬骨头，都要绞尽脑汁、使出吃奶的力气去啃，谁让我的牙齿不够锋利呢，只能反反复复多啃几口了！

不知道什么时候，我又睡着了，梦里还在埋怨王大智，不来上课也不说一声。

No.45

一大早醒来，我再次立志，一定要把难题攻克。

吃早饭的时候想题，喝水的时候想题，去学校的路上，终于被我想到了一个公式。仔细琢磨，还是不对。我怎肯善罢甘休？接连套用了好多个公式，这道题竟然被我"瞎猫碰着死耗子"解出来了。

我的天哪！这么难的题，此前想都不敢想，这回竟被我搞定了。

我应该得意吧，但瞬间我又被现实打回原形。难题？是对我而言的，王大智对这样的题嗤之以鼻。但我依旧很兴奋，如此下去，每个课间啃一道题，哦，这对我来说太难了，两个课间啃一道呢，一天下来也能啃个三五道，一个月就是一百多道，一年下来，我的数学成绩不是要奔着100+去了吗？这简直是一条希望的大道啊！

No.46

在我连啃了一星期的数学题后，王大智来上课了。

没有发烧，没有流鼻涕，没有咳嗽，一切正常。不像得了流感的样子。但是眼睛肿着，还有黑眼圈，脸色也异常憔悴。

这段时间他去哪儿了？为什么看起来那么疲惫？

我只能猜，不好意思问，毕竟那是他个人的事。一星期不见，我们之间稍显陌生了些，但毕竟同桌了几十天，彼此很快又打成了一片。他问我各种问题，比如"萌萌哒"上周有没有穿高跟鞋，数学老师有没有为难我，李太不白同学有没有传播新的八卦……问了一圈以后，他突然一本正经地说："你有没有做数学题？"

我还没来得及回答呢，他又跟了一句："来，我给你讲题吧。"

他要从他的小蓝本里找题给我做。小蓝本是他的题库，那里面随便拎出一道题都比我的题难上十倍二十倍。看他在找题，我的手心直冒汗，真担心自己会解不出来，让他看笑话。

"就这道吧。"他终于找出了一道题，递给我之后，又转过身去忙自己的事。

我磕磕绊绊地想公式、找方法，花了半个小时，把他布置的任务解决了。看到解题步骤，他"哇"了一声，盯着我："行啊，我不在的日子里你数学突飞猛进啊。这可是我题库里中度难度的题了。"

"你以为？没你我还不学数学了吗？"我总算扬眉吐气了一回。

No.47

在我向数学发起猛烈进攻之时，王大智也没命地看书。水都喝得少了，好像为了节省上厕所的时间似的。放学后他也很少和我结伴回家了，每天忙忙碌碌的不知道在干些什么。

我还是没有问他在忙什么，他若想说，自然会告诉我的。有时我也会猜，猜他去了哪里，是去补习班，还是拜访了某位高人？这些也只是偶尔猜猜，我头脑这么不发达的人，有时连自己都猜不透，王大智这种学霸的世界，我就更不懂了。

No.48

半个月后，迎来了期末考试。

这是我们升入高一以来的第一次期末考试。我攒着劲儿想考好，但自知实力不行，只能尽力，至于结果，听天由命吧。

第一个期末，连王大智都好像紧张万分的样子，争分夺秒地学习。我有点儿看不下去了，对他说："你学习那么好，紧张什么？稍微考考就比我们这些拼尽力气的考得好。"我说的都是心里话。

他看起来有些无奈："我是以年级排名第一的成绩考进明致高中的，高一第一学期的考试对我来讲很重要。"他说的也是心里话。

学渣和学霸对考试的态度和考试对我们的意义都不一样。我从他的话里听出了他的压力。学霸备受瞩目，他们的一举一动都有人关注，精彩时有人关注，出了岔子关注更甚。唉，谁都不容易。

No.49

期末考试成绩在三天后揭晓了。

学校贴出了年级门帘，我也跑过去看。这几年讲究素质教育，都不让学校排名了，我们学校也只公布年级门帘，所谓年级门帘，也就是只公布各成绩段的人数区间，大家根据自己的情况反思找差距。

名次前后与年级门帘对应，第一区间只有1个人，第二区间有214个人……我的分数在第四区间，后面还有第五区间。

王大智没有去看成绩单，像他这么自信的人是无须看排名的。其实我也无须去看，反正也不会有什么惊喜。看了各区间的分数和人数，我估计我的成绩在第四区间里靠中间位置，虽然没什么大惊喜，但还是进步了不少名次。于我而言，可以暂时有脸面见我爸妈了。

王大智见我回来，知道我去看了年级门帘，问我战况如何。

我说："我在第四区间，和第一区间隔着万水千山。"

"第一区间人多吗？"

我忙着去看自己的成绩，没注意第一区间那个人是谁。我把情况跟他说了，顺便问他："你应该就是第一区间那个人吧？"

他抿了抿嘴唇，小声说："你猜错了，我在第二区间。"

"怎么可能？"我本能地认为他在逗我。王大智掉到了第二区间，如果不是他亲口说出来，无论如何我都不相信。他为这次考试争分夺秒，别人看不到，作为同桌的我把他所有的努力都看在眼里。

"简直了，退步奇迹啊。"他故作轻松地安慰自己。

"你没事吧？"

"没事啊，感受一下考到第二区间是什么心情也不错。"

我不信，作为曾经第一的他，内心怎么可能像他说的那么淡定？

No.50

放学回家的路上，王大智走得飞快，我追得很费劲。

"你不会想不开吧？"我追着问。

　　"不会的。"他依然走得飞快，若有所思，"悬崖尽头，如果不能后退，还可以选择往左或往右走。"

　　他这是想得开还是想不开？看他强颜欢笑，我不禁同情起他来。站在塔尖的人，哪能那么轻松？我总羡慕他学习好，可能他脑子确实聪明一些，但学习这回事，也不是光凭脑子好就能考第一的，背后他下了多少功夫，只有他自己知道。

第八章　生日礼物

电台主持人说："这首歌要特别送给今天过生日的朋友，春天来了，祝她的快乐像春天杨树上的绒毛一样多。"

No.51

王大智怎么跟家人说的自己的成绩，我不得而知。我也没听到他家有什么鸡飞狗跳，看来一切风平浪静。事实上从我家搬过来，就没看到他家有什么别的人。

我妈对我的成绩挺满意，她说："现在在第四区间，将来就可能进入第三区间，第二区间……有差距就说明有进步空间，有进步空间才是最容易看到希望的。"

我的妈我最懂，她除了对我爸要求太高，有时态度不太好以外，她对我的好真是没得说，无论我多么差劲，总是适时地安慰我。

最近一段时间我妈对我更是好，无论我做什么她都变着法儿夸奖我，夸得我都不好意思不努力了。她的变化这么大，总是有原因的，我猜，会不会是因为她和我爸离婚后，突然有了一种和我相依为命的感觉，担心现在不对我好点儿，将来我冲她要横不养她。

哈哈。我妈这种要强的女人，有所畏惧是好事。

唉，不能这样想，她毕竟是我妈，这样想太不厚道了。

No.52

三月的春风满城窜的时候，我的生日也到了。

我妈一早起来给我煮了碗长寿面，按照惯例，我拿筷子把面条翻了个身，一年一度在碗底卧着的荷包蛋不见踪影。

"妈，碗里怎么没有荷包蛋啊？"我埋怨道。

"我给忘了。"

"我爸就从来都不会忘。"我故意提起我爸，想让我妈记起我爸的好。

"明年肯定忘不了。"

"明年我找我爸过生日去。"

"你就故意气你妈吧，早晚被你气出毛病，你爸再给你换一新妈。"

我妈着急上班，穿上鞋拎上包，皱了皱眉头，道："明年再说吧，下午放学早点儿回来，给你过生日。"

"我爸来不来？"

我妈扔了一句"你自己问他吧"，"砰"的一下带上了门。

我爸来不来呢？听我妈这话，似乎有戏。

我打电话问我爸，我爸说只要我妈不轰他走，他下了班就过来给我过生日。

我说："放心，有我呢，我会想办法不让我妈轰你走的。"

我爸又对我说："若愚，你要对你妈好一点儿，你妈生你可不容易。"

这我知道。我出生那天上午，我妈一直肚子疼，从下午一点到凌晨五点的十多个小时里疼得生不如死。

产房里有的产妇疼得受不了抬头用力往床头猛撞，把床头撞得咣咣响，用护士的话形容床都快被产妇撞散架了。

只有我妈一声不吭，每当疼得受不了时，她就咬自己的手背。连医生都很佩服她，说她是个坚强的人，其他产妇应该学学她。我生下来后，护士把她推出产房，我爸正在产房门口等着，见到她时紧握她的手，发现她的手背又红又肿，全是牙印。

上初中时，我们学生理卫生，据说人体最多只能承受45dol（痛单位）的疼痛。但在分娩时，一个女人承受的痛却高达75dol。这种痛相当于全身12根骨头同时被折断！

我问过我妈，当时怎么那么冷静。我妈说，大哭大叫有什么用，再痛也得忍，只要把你生下来，世界就美好了！

原来，我就是我妈眼里的美好，我就是她的世界。虽然我有时表现不好让她生气，她有时也对我凶巴巴的，但我仍是她的美好世界。

No.53

我憧憬着因为我的生日而使我爸和我妈重聚的晚餐。也许，我能撮合他俩复婚呢！

一个上午，我都沉浸在这个伟大的计划中。想到晚上有大餐可以吃，午饭我就想省了。

王大智叫我一起去吃饭，我说不饿。但肚子不答应，刚把王大智支走，我的肚子就"咕咕"叫了。

我只好一个人走出楼道，走到楼下。脚下软绵绵的，像踩在了棉花上，不，不是棉花，是杨树上掉下来的绒毛。

大概因为正值吃饭时间，大多数同学都在食堂，此时的校园安静极了，连脚踩在绒毛上面发出的"嘎吱嘎吱"声都听得到。

突然，校园电台传来熟悉的旋律——正是那首《我们的时光》。

我们好好珍惜好好感受

趁现在的时光

还能无所顾忌地嚷

也许童话里的情节是大人们说的谎

却能让我安睡到天亮

……

电台主持人说："这首歌要特别送给今天过生日的朋友，春天来了，祝她的快乐像春天杨树上的绒毛一样多。"

今天过生日的朋友？说的不是我吗？但是点歌的人也没说具体点给谁的，学校那么多学生，也没准有和我同一天过生日的呢。

"春天来了，祝她的快乐像春天杨树上的绒毛一样多。"

居然有人这么写祝福语，真是少见。这人挺有意思。

我捧着肚子去食堂打饭，遇到了吃完饭准备往教室走的王大智。看我来了，他把餐盘又放回桌子上，等我打了饭，拿起筷子准备开吃时，他突然神秘兮兮地说："刚刚是有人为你点歌了吧，点的还是你最喜欢的《我们的时光》。"

我低头默默地笑，看来他知道今天是我的生日，但他怎么知道是为我点的呢？

于是我回问："没指名没道姓的，也许是点给别人的呢？"

90

"算我白点了。"他脸上有点儿小郁闷。

终于道出了实情，哈哈，我计谋得逞，甚是欣慰。

"谢了啊。你吃完了吧，赶紧回教室，下午还要准备班会吧？"

"嗯，是的，还有很多事没忙完，那什么，祝你生日快乐！"

"谢谢啦，快走吧。"我推了他一把，看他起身，消失在食堂尽头。我又想到电台里说的那句话："春天来了，祝她的快乐像春天杨树上的绒毛一样多。"

在我看来，每一个字都那么与众不同，也就王大智能说出这样的话。

我是不是应该回家写篇日记记录一下呢？

然而下一秒，"萌萌哒"一把揪住刚吃了半顿饭的我，另一只手里拿着我的手机。

明致中学有个规定：踏入校门就要把手机上交给班主任，等放学时再拿回来。为了避免交来还去的麻烦，我经常不带手机。今天是因为过生日要跟我爸联系，我才把手机带到学校，交给"萌萌哒"帮我保管一天。

"快，你妈打来的电话。"听起来，"萌萌哒"说话不太镇定。

"我妈？"莫非有大事发生？我也不太镇定了。

"若愚，你能来一趟医院吗？"手机里传来妈妈急促的声音。

"怎么了？"

"我今天做肠镜，有可能要切除一小块息肉，都是小问题，但要家属签字。所以——"

"啊，肠镜，我现在应该怎么办？"我紧张得话都说不利落了。

"到第二人民医院二楼肛肠科。"

"好，我马上跟老师请假。"

92

长这么大，我还从未经历过这样的场面，更没有在医院的手术单上签过字，我想到那些电视剧里的镜头，每次都是病人到了最后关头，很可能出现可怕的后果时才会让家属签字。

我的大脑飞速转动，第一时间赶到医院。

No.54

我火速跟"萌萌哒"请了假，着急地打了辆车。

路上交通拥堵，打车还没走路快，于是半路上我不得不下了出租车改坐地铁。二十分钟后我出了地铁又骑了辆共享单车，满头大汗地狂奔了十分钟。

当我看到医院的大门时突然感觉好亲切。

我在门诊楼二楼东找西找时，听到了医生和我妈的对话："家属怎么还没来？"

我妈朝楼道里张望，赔着笑，小声说："马上到了，马上到了。"

看到我，我妈眼睛一亮："这不来了嘛，来了来了。"

医生抬了抬眼，看我穿着校服，脸上略有愠色地问："怎么是个孩子？"

妈妈赶紧解释："她爸出差了，赶不回来。孩子能签字吗？"

"不行，手术前签字的家属必须是成年人，未成年人签字不具有法律效力。"

"哎哟，我怎么把这事给忘了，那现在找谁啊？要是让你姥姥姥爷知道这件事，又得为我担心。"我妈也慌了。

"医生，我把文件拍下来发给我爸，让我爸打印出来，签了字，再拍下来发给您，这样行吗？"我灵机一动，想了这么一招。

医生又抬眼看了看我："也只能这样了。"

我妈欲言又止，最终什么都没说。她肯定是觉得两人已经离婚了，便不好意思再麻烦我爸。

我给我爸拨了电话，电话接通，我飞快地把事情说了。

我爸听完来龙去脉，心疼地说："你妈怎么那么不注意？肯定是饮食不规律，把肠胃搞坏了，真是的。"

"行了，爸，现在不是埋怨的时候，赶紧办正事。我把需要签字的单子发给你，你赶紧签字。"

我语速极快，没再给我爸插话的机会。

"好，马上。"

我爸办事效率杠杠的，前后五分钟，打印，签字，拍照，发过来，搞定。

其间我的手机不时叮叮当当地响一阵，我没空搭理，先晾在了一边。

"我爸真配合。"我加了医生的微信，把签了字的照片转发给她，同时忍不住夸我爸。

我妈看出我力捧我爸，为我爸说好话，几次欲言又止。估计是想让我闭嘴，不要再提我爸，但我偏不。

"好吧，马上轮到你了，跟我进麻醉室。"医生看到家属的签字单，大手一挥。

我扶着我妈往麻醉室走，麻醉室的门一打开，我眼前突然浮现出电视剧里那些可怕的镜头。我努力克制自己不去想电视里那些情节，但还是不由得浑身哆嗦起来。

我妈握紧我的手："没事的，就是个小手术，现在医学这么发达，真的一点儿都不用担心。打完麻药我就睡着了，再有十几分钟就出来了，很快的。"

医生催促道："赶紧打麻药，再有十几分钟就要进手术室了。后面还有人等着呢！"

"一会儿我打了麻药，就两眼一抹黑睡过去了，听不见也看不见，可能还需要你办手续，要是不知道去哪儿办就问医生。这是银行卡，密码是你的生日。"

我妈这话，听起来就跟向我交代后事似的，更使我担心了，吓得我腿都软了。

"没事的，我上次做肠镜，打完麻药睡一觉就做完了，检查做得无声无息，息肉也会切得无声无息。唉，你妈我好久没睡上一个好觉了，借此机会刚好休息休息。"我妈故作轻松道。

我妈做过肠镜，我怎么不知道?

No.55

我爸打电话过来，问我妈情况怎么样。我简单地说了这边的情况，又问他："我妈什么时候做的肠镜?"

"当时你正参加中考，怕影响你情绪，就没跟你说。"我爸安静地回答。

他们没跟我说，而我竟然那么没心没肺，一点儿都没察觉!

我爸说要赶过来，被我制止了，一是刚才我妈情急之下跟医生说他出差了，他要来就戳穿了我妈的谎言;二是医院有我，他还有其他重要的事情要做。

挂了我爸的电话，正好听到护士喊我的名字，让我过去看看，说是我妈肠子里有块息肉，问我同不同意切除。

我跟着护士走进手术室，看到几个医生都戴着口罩，显得极其庄严，也很恐怖。医生指了指大屏幕："你看，那两块就是息肉，我们得让家属看好了，再进行下一步手术。"

我妈嘱咐过我，是良性的就切除。

我说："切吧。"

说完，我四下找我妈，发现她就蜷缩在近前铺着雪白床单的病床上。本来个子就不高，她又这样蜷缩着一动不动，显得越发脆弱，越发渺小。

我的眼泪无声地掉下来。

半个小时以后，我妈被推了出来。

她看起来昏昏沉沉的，见了我只是笑了笑，眼神飘忽不定。

医生说是麻药劲还没过，过一会儿就缓过来了。

过了十几分钟，我妈彻底清醒了，问刚刚有没有吓着我。

我说："吓得半条命都没了。"

"我不是说了吗，只是小手术而已，到了我这个年纪，以后会有越来越多的病痛和手术。刚才打了麻药，睡得真舒服，医生怎么把我叫醒了啊？"

我妈回味着她的睡眠，我却看到了她额头上的一撮白发。曾经我妈头发是那么黑而密，站在阳光下闪着明亮的光，怎么一下子就有白头发了呢?

我对她说:"妈,我会好好照顾你的。"

"好孩子。唉,还是女儿好,女儿是妈妈的小棉袄。"我妈两眼泛泪,脸上露出笑容。

医生拿了药单子过来,嘱咐我妈吃消炎药,让我妈这几天的饮食要以清淡为主,别吃大鱼大肉,最好每餐都喝粥,这样不刺激肠胃。回家不要做体力活,尽量卧床休息。

No.56

我搀扶着我妈走到医院门口,我妈说:"我没那么娇气,不用你扶。"

"那可不行,不能抱一丝侥幸心理。"我倔强地搀扶着她,朝远处驶来的车招了招手。

"车来得真是时候。"我妈庆幸地说。

"我提前约好的。"我说。

"行啊你,有条不紊的办事风格随我。"我妈露出了颇为满意的笑容。

"只要脾气不随你就行了。"我照常怼她。

我妈麻药醒了,听出了话外音,用手掐了掐我的胳膊,以示内心略微的不满。

下午三四点，路上并不堵，十几分钟就到家了。

我伸手敲了敲门。我妈声音微弱地说："敲门干吗？咱俩都在外面，家里没人，钥匙呢？"

屋里传来"哗啦哗啦"的水声，还有走路声。

我妈一怔，捂住我的嘴："嘘，家里进贼了。"

"没准真是贼。"我拿开我妈的手，乐不可支地说。

门开了。我爸站在屋里："回来了，赶快进屋坐着。"

"这，怎么回事？"我妈望望我爸，又望望我，狐疑地问，"老杜，你怎么来了？"

"今天我过生日嘛，你又做了手术，不方便做饭，我做饭那么难吃，就把救星叫来了。"

见我妈脸上不悦，怕她给我爸甩脸子，我又强调，"是我叫我爸过来的，不然你让我吃什么？"

我妈看到桌上摆满了菜，没有吭声。

我扶她在沙发上坐下，她换了个舒服点儿的姿势，才慢悠悠地说："你们爷俩吃吧，我吃不下。"

"知道你吃不了这些鱼啊肉啊的，我煮了粥，做完肠镜的人最好是喝粥，我去给你盛一碗。"我爸识时务地跑进厨房盛了碗粥，送到我妈面前。

我指了指粥，小声对我妈说："识'食物'者为俊杰，我爸就是俊杰。"

我妈倚在沙发上，望着眼前热气腾腾的粥，陷入了沉思。

No.57

我的生日过去了。

一家三口，有肉有菜，还有一个蛋糕。

收拾完碗筷，我妈看了看挂钟，十点多了。

她没挽留我爸，我也没挽留我爸。

我爸说："你们娘俩早点儿休息，我走了。"

门"啪"的关上了。

屋里寂静无声。

良久，我听到我妈叹了口气。

这可是我妈内心失落的信号，我赶紧把这种情况发微信告诉了我爸，我爸说："期待你妈回心转意，你好好照顾她，有事给我打电话。"

我回了个"OK（好的）"，忍不住遐想，虽然晚饭前后我爸和我妈说的话加起来没超过10句，但气氛挺和谐，超乎寻常的和谐。

是互相客气吗？倒也说不上，是重新认识彼此才小心翼翼的吗？

99

很有可能。

这次手术说不定是一个促使他俩复合的契机呢！

我的16岁生日，真是非同寻常，永生难忘啊！

第九章　双黄蛋

"不得了啊，校园作家奖下了双黄蛋，有两个人并列一等奖。"

"谁啊？"

"王大智，杜若愚，大智若愚，你说他俩的家长是不是商量好了将来两个孩子一个叫大智一个叫若愚的？"

No.58

生日第二天，班里传来特大新闻：学校要组织一次校园作家评选活动。

写作，我的强项啊。

"要不要参加？"王大智问我。

"当然！你呢？"我对写作还是有信心的。

"必须参加啊。"看起来，他的自信不比我少。

据说这个评选活动是一个企业家赞助的，比赛设定了三个奖项，一等奖奖金5000元，相当诱人。

"如果我得了一等奖，我想用这笔奖金买一台笔记本电脑。

你呢？"

"我有其他用处。"王大智一副势在必得的样子。

王大智不想说，我也不追着问。他总是那么自信，哪怕退步到第二区间，也没有消灭他的嚣张气焰。我和他是那么不一样，只要稍微退步，我就要忧虑三天，甚至要缓个十天半个月才能从挫败的阴影中走出来。

No.59

那就让我们一决高下吧。当务之急，我得先写出一篇文章来。

写什么呢？我冥思苦想，头发都不知道掉了多少。终于在报名截止日前一天把稿子送进了投稿邮箱。

我每天祈祷我能得一等奖，这样我就能跟王大智叫板了。

No.60

半个月过去了，获奖名单迟迟没有公布，等得我心力交瘁，还等来了期中考试。

年级门帘公布，王大智从第二区间重返第一区间。高手就是高手。我呢，仍然在第四区间徘徊。据王大智分析，虽然我在第四区间，但成绩已经排在了第四区间的前列，再努力一个月，迈入第三区间完全没问题。

"真的吗？"

"当然，信我者，必胜。"

"去你的。"

"难道你不知道心理暗示的作用吗？你只要坚定地朝着某个方向走，不用去管结果，只管走啊走，你就会看到光明，不信你试试。我就是这么走下去的。"

"怎么，你也有黑暗的时候吗？""谁的生活都不总是光明的。"王大智意味深长地说道，这人真让人捉摸不透。他和我年纪一样，却总能说出一些很成熟的话，不让我惊叹都不行。

No.61

考试结束后，我们总算能暂时卸下身上的重担，轻松一下了。但谁也不敢去浪费太多时间，所谓的轻松不过是喝个奶茶、逛个书店罢了。

我和王大智去逛了个书店，买了很多书。书太沉，他帮我拎着，我们一前一后走进小区。

我默默地在想，有个住在对门的男同学真不错，比如拎书这种体力活都省得我干了。这是一件让人幸福感爆棚的事。

快到家门口时，我妈从停车位上停的车里钻出来。

她外出学习好几天，我正要满心欢喜地喊她一声妈，她却将头扭向一边，装作不认识我。

我在心里暗笑，我们都搬来半年了，大概我妈总出差，从没遇到过王大智，也不知道他住在我家对门，看到我和男生一起走，一定自以为抓了我和男生谈恋爱的现形。

可是咱身正不怕影子斜，照样坦荡荡地并肩走。

我跟我妈共同生活了十几年，我妈自认为了解我，我也自认为了解她。

她是一个有着强烈好奇心的人，非要把不明白的问题弄明白才肯罢休，这一点我不太像她。她的好奇心有时候没用对地方，就成了八卦心理。我妈真是什么事都能干出来，这会儿她竟然无视我的存在，好吧，让我们来看看谁才是戏精。

我也假装不认识我妈，和王大智继续往家走。

王大智可不笨，就算他没见过我妈，从长相也能猜出我和后面那个女人的关系，但他没有戳穿，而是跟我配合得十分默契。

我们把之前路上说过的班里的各种窘事又循环了一遍，还探讨了一道数学题的做法。

我故意说："帮我拎着这么沉的书，真是谢谢你了。"

王大智把书换到另一只手上提，说："确实挺沉的，也就是你，别人我还不帮着拎呢。"

我说："你老帮我，也没表示过感谢，改天请你吃饭吧！"

王大智应着："好啊！"

我偷偷看我妈，她也正在看我，眼睛里满是怒火，恨不得扒了我的皮。

我继续在心里笑，她肯定以为我在她的眼皮底下把男朋友带回家来了。

哈哈，我们演的戏奏效了。我妈入戏了！

我妈踩着高跟鞋，每走一步，都使劲地跺着脚，以表达她内心的愤怒。

到了家楼下，我俩从从容容地上楼，我妈也跟着进了楼梯间。每走一步，都咳嗽一声，大概是想提醒我注意点儿。

直到走上三楼，看到我和王大智互道"再见"，各开各家的门，我妈才恍然大悟。

"你也住三楼？你们是同学啊？"我妈主动开口。

"你们认识？"王大智装无知。

"她是我妈。"我憋着笑回答道。

"哦，阿姨好。我叫王大智，是杜若愚的同班同学。"王大智做起自我介绍。

"王大智啊，我听若愚说，你上次国旗下的讲话，说得特别好。"我妈一听眼前的帅哥就是家长会老师常挂在嘴边的模范典型王大智，精神都为之抖擞。

"其实也没什么，就是国旗下讲个话。"被我妈这么一夸，王大智不好意思了。

"我听若愚说你成绩很好，排在第几区间？"

"也就第一区间。"

"全班第一区间很厉害了。"

"嗯……全年级。"

"天哪！你可真了不起！"

"也没有啦，这次就没考好。"

"哦，没考好还第一区间啊？"

"也不是，这次第一区间有十多个同学……"

我妈和王大智完全不在一个频道的对话让我很无语，我只好拉着我妈说："快回家做饭吧，我要饿死了。"

我妈这才不舍地跟王大智说："有空到家里玩啊，多帮帮若愚，这个孩子的成绩——"我妈犹豫了，大概在琢磨措辞，怕说出来的话对我造成什么负面影响，于是调整了语气，"这孩子的成绩上升空间还是很大的。"

我妈总算识趣，没在学霸面前把我贬得一文不值。

"我们是同学嘛，我会帮她的。"

家门打开了，我赶紧把她拉进门。

"小伙子长得不错，学习又好，你们要是谈恋爱什么的，只要不影响学习，妈还是可以考虑考虑……"

"妈，你说什么呢？我现在哪是谈恋爱的年纪，一切要以学业为重。"

"乖，妈就知道你不会不顾全大局的。"

我还不了解我妈吗？她说不反对谈恋爱都是在试探我，想套我话，我要是真谈恋爱了，她还不知道要怎么说服我呢！

而我并不傻，刚才的回答滴水不漏，她大可以把心放进肚子里。

皆大欢喜。

No.62

我坐在书桌前写作业。

"叮咚叮咚"，微信响了。

"我的戏演得不错吧，你妈真有意思。"王大智发来的。

他的戏确实演得不错。在遇到我妈之后，要演场好戏给她看的事只是我单方面的想法，并没有跟他沟通过，但他像知晓了一切，配合得天衣无缝，让我妈这个"主谋"都上当了。

这样的默契也只有很少的人才拥有吧！但他后面那句话说得太含蓄，明明就是想说我妈真能八卦嘛。

我毫不犹豫地回他："你妈才有意思呢！"

微信没有再响起。

我茫然地又等了几分钟，微信还是没有再响起。

大概他在忙着写作业吧。

No.63

才写了一会儿作业，我妈就端着水果进来了。

每个像我这么大年龄的孩子都了解一个真相，妈妈端着水果进门，绝对不仅仅是想给孩子送水果吃的，真实的目的是想来看看她们的孩子是不是真的在学习。

全天下的妈一个样儿，全天下的孩子也是一个样儿。

我深知我妈的这一特性，也实在不想揭穿她，但又不能光顾着配合地吃吃水果，因为她的出现总会影响我的学习。

我特别不喜欢在学习时有人进来打扰，坐在我旁边看我学习就更不行了。旁边有人，我会很不自在。

这事我跟她讨论过，说好的我学习的时候她不进来，可她还是屡说不改。

好不容易把我妈支走，我做数学题的感觉却完全离线了。

我只好让思维继续离线。我在想，世界上为什么会有那么一种人，理科好，文科也好！

王大智明明可以靠颜值吃饭，他要是去当个演员啊、偶像啊什么的，肯定会圈粉无数的，可他偏不，非要靠学习让大家惊艳；他明明可以靠理科风生水起，却偏偏要跟我这样的偏科生争校园作家奖。

简直太贪心了！他这种人，让我等无名之辈怎么混啊？

事实上，对校园作家奖的揭晓，我是期盼的，但又害怕揭晓，担心被王大智或者其他什么人打败。

虽然我对写作有一定的信心，但在王大智这样的全能型学生面前，我矮他的可不是一星半点儿。

"我就是这么自卑，怎么办？"

"既然投了稿，就要面对校园作家奖的揭晓。"他说。

"可你已经很优秀了，还来跟我抢地盘，我看到你就来气。"

"我抢地盘也没什么错吧，这地盘又不是你的，谁都可以来抢，我也没必要让着你，如果真让着你，即使你中了状元，你还是会觉得矮我一截。"

王大智回得真有气势。唉，他说得有道理，但我就是矛盾，就是纠结。

关于这一点，我对自己无能为力。

No.64

　　"校园作家奖揭晓了。你不去看看吗？"李太不白风一样地闪进教室。

　　"没什么好看的，有王大智那位大神在，别人都得靠边站。"我已经做好心理准备吃不到作家奖这颗葡萄了，但尴尬的是，我吃不到葡萄吧，还不能说这个葡萄是酸的。

　　"这个嘛，也不能这么说，你——"

　　李太不白话没说完，王大智从后背猛地扑过来，扑了他一个趔趄。王大智眉飞色舞地说："杜若愚说得对，有王大智那位大神在，别人都得靠边站，是不是？"

　　"真是一个自以为是的家伙。"我白了他一眼，一时想不出用其他的话来怼他。

　　王大智意犹未尽，又说："学校里文学高手那么多，我刚路过放榜的地方，你好像真的垫底了呢。"

　　李太不白应和着："真是呢，我也刚看了榜单，状元是王大智，我把榜单从上看到下，找啊找，终于找到了你的名字。就像王大智说的那样，你在榜单的中下方。"

　　"三等奖已经不错了，很多人没得奖呢。"王大智语速不紧不慢，每一句话都狠狠地戳在我心上。

"就是，哪有那么多一等奖？"李太不白喃喃着，看我脸色不太对，赶紧转身坐下，从桌子上成排的书里抽了本装模作样地看起来。

他俩的对话让我的头皮发麻，我的写作水平有那么差吗？一等奖我就不跟王大智争了，可连二等奖都没得到吗，我也太没出息了吧？

我说的没出息不仅仅是指我没得到二等奖，而是……我的眼泪已经在眼圈里打转了。不就是得了个三等奖吗，至于哭鼻子吗？

不行，我不能让王大智和李太不白看到我的脆弱。我把头偏向一边，假装肚子疼，捂着肚子低着头跑出了教室，一直跑进洗手间。

诸事不顺，洗手间都被占满了。我松开捂着肚子的手，站在门口等着，想到我那自以为具有优势的写作如今也没了优势，不禁悲从中来，眼眶里的眼泪越发忍不住往下掉了。

我趁洗手间里的人还没出来，赶紧擦了擦眼泪，以免被人看到不好。刚抬头，洗手间传来冲水声。

门开了，真是冤家路窄！

一班班长，年级前十，说我要跟王大智凑成组合简直是白日做梦，那个说话怼死人不偿命的主儿——贺青竹。

难道天要灭我？

"哟，怎么哭了，得个一等奖也不用激动成这样啊？"

她的话尖酸刻薄，却让我为之一振："你说什么？"

"不就是得了校园作家奖的一等奖吗？该不会是人生第一次攀到这么高的山峰，有点儿不知如何是好了吧？"

贺青竹这番话不像是在开玩笑，那刚才王大智和李太不白……

我冲出洗手间。我本来也没打算上厕所，此刻我要立刻、马上去放榜的地方看看真相是怎么样的。

No.65

"不得了啊，校园作家奖下了双黄蛋，有两个人并列一等奖。"

"谁啊？"

"王大智，杜若愚，大智若愚，你说他俩的家长是不是商量好了将来两个孩子一个叫大智一个叫若愚的？"

"你是小说看多了吧，想象力可真够丰富的。"

榜单前面围了很多人，同学们都在叽叽喳喳议论着。

难道贺青竹说的是真的。我往前挤，再往前挤，终于看到了榜单最上面的获奖名字。

没错，王大智，杜若愚。两个名字并列排在一起。

"耶！"我高兴得往上一蹦，周围人太多，那个用力蹦在上升过程中遇到了阻力，最后我只能踮了踮脚。

我的失态惊叫引来阵阵注目。好在我籍籍无名，没几个人认识我。我强忍内心的喜悦，挤出人群，飞跑回教室兴师问罪。不料，又撞到了一个人的身上。

又是贺青竹！难不成她一路从洗手间跟过来的？

"杜若愚，你有什么好得意的，就算你俩并列第一，你和王大智也凑不成组合。"

又来了。贺青竹不说还好，一说立刻引起周围人的注意："原来她就是获得一等奖的杜若愚啊。"

"好牛啊！"

他们在说什么？他们在说我牛！等等，让我冷静一下，我得先逃离这儿，我还不习惯被人围观呢。

我逃也似的从贺青竹身边跑过，一溜小跑冲进班里。王大智和李太不白在说着什么，见我满头大汗地进来，两人忽地从座位上跳到一边，自动离我几米远。

"刚才我们是逗你的，你别生气啊。"李太不白认错态度还算比较诚恳。

"你肚子疼不会是装的吧？"

王大智猜出我肚子疼是装的，故意戳穿我。但见我阴着脸，他也认真起来，说："我们俩合起来骗你确实不太厚道，不过说真的，先受点儿惊吓后得知真相，这样的惊喜来了才会更刺激吧？"

去他的刺激！这个惊吓差点儿没让我去撞墙，我若是个动不动就想不开的女生，没准当下就晕过去了。

好在我是从一次一次的打击中走过来的，这样的打击虽然让我难以接受，但我已经体会到人生不外乎如此，就是会发生很多让你难以接受的事。小时候觉得画画不如邻居家的孩子，大人只是轻轻一句："你看你，你再看人家……"后面的话还没说，我就已经泪如雨下。

再长大一点儿，上体育课做仰卧起坐，第一次我只做了十几个就觉得筋疲力尽，老师说平时多练练，下节课考试，我多练了，结果下一节体育课全身疼，索性一个都做不了了，我哭着喊着，体育老师才网开一面，让我勉强过了关。

我以为我们一家三口会一辈子在一起，但事与愿违，我才上高中，我爸妈就离婚了。我哭，我心里难受，但又能改变什么？

这次作文比赛我若得不了名次，失落是肯定的，但又能怎么样？王大智和李太不白合起来骗我，虽然他没认错，但他说得很对，这样跌宕起伏的过程让我对这次的获奖多了很多说不出的感觉。

我"哼"了一声，想赶紧把获奖的事告诉我妈。正犹豫着要怎么说的时候，我又反悔了，我妈得过那么多奖，我得的只是校园里的一个小小的奖，对我妈来说，太小巫见大巫了。还是别跟她说了，省得她说我嘚瑟。

我把在手机上编辑好的要发给我妈的话又一个字一个字地删了，

但我告诉了我爸，我必须找个家人分享一下我的喜悦。

我爸没有回微信，他大概在忙。

接下来，就让我默默地独自欢喜一下，再盘算用奖金换一个什么样的笔记本电脑吧！

116

"喂。"王大智用手指捅了捅我胳膊，"你的写作实力真挺强的，我说你没得一等奖，你怎么就相信了呢？"

我白了他一眼，也在心里问我自己：是啊，我怎么就相信了呢？

No.66

我对王大智和李太不白骗我的事耿耿于怀，绝不能就这么轻易饶了他俩。放学铃一响，我拎起书包就往外跑，我可不想再跟王大智磨磨叽叽。

我内心无比欢畅，简直无法用言语形容。那就唱两句吧，还是唱我最爱的歌：

年少和轻狂被大人夸张
是谁规定了对的形状
镜子里的我帅得很闪亮

这才是我真实的模样

此时此刻《我们的时光》里的这一段最能表达我内心的感受。我哼着歌往家跑，街道上的一切都变得那么顺眼。

为了庆祝我获奖，我特意绕了个弯跑到了街角的奶茶店为自己点了一杯奶茶，既然没什么人分享，我就把我的欢喜当作奶茶喝下去吧。

奶茶店人来人往，很多都是和我一样穿着校服的学生。

喝奶茶没用多长时间，但我不想走。我也不知道自己在等什么。

王大智骗了我，我很生气，但这半天时间的大落大起，确实让我的心态有所改变。

王大智应该知道，我不是真跟他生气，我只是不知道怎么面对他。我们经常到奶茶店里喝奶茶，莫非……我坐在奶茶店里，是希望他能到奶茶店来？而我坐在这里，是希望能和他假装偶遇，说上几句话，他故意骗我这事就算过去了？

不管怎么样，我其实早就不生气了。我都获奖了，还较个什么劲啊！

但现在，我左等右等，王大智没有来，我倒真的生气了。

然而生气又有什么用？我又没约他来奶茶店，他不来也是很正常的。这么想想，我又觉得自己很可笑。

"嘀嘀嘀！"我的手机提示有微信消息，我看了一眼，回了几个字，把手机放在桌子上。

半小时后，我走出奶茶店。天上下起了小雨，莫名其妙地，我的心里也像落了雨。

118

No.67

跟跟跄跄地往家里跑。钥匙还没掏出来，家门已经被打开了。

我妈回来了，她望着落汤鸡一样的我，大声笑着："出去庆祝了？"

"什么？"

"得奖啊！"

"你怎么知道的？"

"你们学校的微信公众号里发了获奖的新闻啊。"

"哦，看来好事传千里了啊。"我嘚瑟起来。

我妈接过我的书包，跟着我，看着我换鞋，心里抑制不住地开心："不错，加油哦，我觉得你有继承你妈衣钵的天分。"

"哦。"

"快洗手换衣服，我们好好庆祝庆祝。"

我往客厅的桌子上看，那儿摆着一个大蛋糕。

"我爸来吗？"

"不知道，我没跟他说，也许他很忙吧。"

"我发微信他也没回，最近他有点儿不太对劲，估计是谈恋爱了吧？"

我妈愣了一下："谈恋爱？"

"对啊！妈，其实你不用天天盯着我，不用担心我谈恋爱，你应该盯的是我爸。"我引导她。

"我们都离婚了，还盯个什么劲？"听起来很有道理，但为什么她说话时音调降了下来？我猜在这短短的几秒钟里，她心里一定有起伏，一定想了些什么跟我爸有关的事。

"哦，也是。"我故作冷淡地附和道。

"你也真是，你爸谈恋爱你也不问问，万一给你找一个很凶的后妈，人家可都说了，有后妈就有后爸，你可小心点儿。"

"你要是早担心这个，就别跟我爸离婚啊。再说，我爸有谈恋爱的权利。"

"不知好歹的孩子。"

No.68

我爸没来，他说他在忙。我妈脸上掠过一丝不悦，但很克制地说："不来就不来吧，本来也没打算让他来，咱俩切蛋糕吧，祝贺我的宝贝获奖。"

有句话叫什么来着？哑巴吃黄连，有苦说不出！我妈此时就像个哑巴。

我想她还是期待我爸来的，毕竟我是他俩的女儿，他们的女儿获奖，如果一家三口聚在一起欢欢喜喜地庆祝该有多好啊！

现在只有我和我妈，那么大的蛋糕两个人实在吃不了，我努着劲吃，一个大蛋糕还是剩了一半多。

我俩无论在吃的过程中，还是吃完以后，都没怎么说话。我觉得主要是因为我爸不在场。

唉，本来应该是挺好的一次获奖庆祝，结果搞得一点儿也不尽兴。

No.69

这世界上大概有很多事情，脑子里想的是一回事，结果又是另一回事吧。

我揉了揉纠结的脑袋，爬上床。一时半会儿也睡不着，我猜了很多事，也不知道猜得对不对。越猜越睡不着，于是起床到客厅找牛奶喝，听说睡前喝一杯热牛奶有助于睡眠质量。

我妈也没睡，正在客厅看书。

"妈。"

"嗯？"

"我猜，你买蛋糕时是把我爸考虑进来了，才会买那么大一个蛋糕。但你又不想自己给我爸打电话，结果我爸没来，现在你心里估计也不好受吧？"

"谁说的？我可没把他计划进来。"我妈语气冷冰冰的。

"我都说了是我猜的嘛！我说句公道话，谁让你不珍惜我爸的呢？我爸老是让着你，你老是不珍惜，两人见面就吵。我若说我爸好，你就说我向着他，我要说他不好，你又数落我，真是怎么说都不是。只许你说我爸不好，别人一说你就跟人急，你得承认，这也是真爱的一种体现吧？"

我妈静静地听我说完，莞尔一笑，温柔地说："微波炉里的牛奶热好了，喝完快去睡。"

我妈催我回去睡，但并没有竭力反驳我，这可是头一回啊！

我妈心高气傲，让她受点儿小挫折也好。我觉得他俩毕竟没有大的矛盾，感情也不至于无法挽救，离婚的事是两人都在气头上，说离就离了。但看着我妈失落的样子，我心里不安又心疼。

在奶茶店里，我手机响起的"嘀嘀"声是提示收到了我爸的微信。我爸问我要不要庆祝一下。我回他，不用，你懂的。我想让我妈有失落感，他好再追回我妈。

帮着我爸追我妈，有点意思。

想到这些，我真觉得我仿佛能把握他们的婚姻似的，就像参加写作比赛一样，如果我能把握故事主人公的命运，那该多好啊！

第十章　十三名

　　虽然王大智言之凿凿地说如果我考进班级前十，他会请我吃饭，我考不进前十也会请我吃饭，但毕竟我学习弱，很怕王大智挤对我。他是一个严厉的小老师，我要尽可能躲着他走。

No.70

　　早上，在家门口见到王大智，我有些不自然。他倒好像没事人一样，还给我唱了一首歌："快吃个双黄蛋，嘿嘿哈嘿！"

　　我当场无语。正当我暗自琢磨搞不懂他们这些男同学，怎么好像没心没肺一样时，他突然补了一句："人生，也许会有无数种可能，这无数种可能里有好的也有坏的，但总有一种可能是和你最合拍的，一旦找到这种可能，你就感觉一切都有了意义。"

　　"什么意思？"

　　"说的是写作的事啊。参赛的那篇文章是我花了半个月的时间写出来的，我没想参加比赛，只是平时写作文还算可以，老师又让我报名参加，我要是不参加就显得我不支持班级工作。其实我不怎么喜欢写东西，而你那么热爱，所以，写作和你很合拍。市里的决赛我不会参加的，你好好准备。"

听听，怎么感觉他像是在说，他虽然不热爱写作但依然还能够拿一等奖似的，但事实好像也是这么回事。真是让我挫败到无以言表。他也说了，他是用半个月写的，而我嘛，最多用了三个晚上。

王大智说得对，写作和我很合拍。

No.71

每天我都在刷题，刷着刷着，那些题渐渐地像是认识了我，我也认识了他们，做起来越来越不费劲了，做题速度好像也快了一些。我的内心澎湃起来，照这个速度，啊，数学成绩噌噌提高不是梦啊！

"啪！"王大智扔过来一本厚厚的习题集，打在我的脸上。他说我仍旧缺练，要更多地练。他在里面勾了道我很陌生的题让我做。真是打脸啊。

我蒙了："这样刷题，得刷到什么时候才是个头啊？"

"刷到你考上大学呗。"

"啊？"

"考上大学也得学啊，除非你选文科。"

"我必须选文科啊，学理科简直就是死路一条。"

"但眼下也得先过了数学这关吧，你的数学不是已经越来越好了吗？"

"本来是这么想的，但你现在给我这套题，让我瞬间觉得自己还差得远。"我咽了一口唾沫，感觉自己的数学仍旧处于劣势。

"慢慢来。"

慢慢来？高考还有两年就来了，我要是再慢，就回家该干什么干什么吧。这个道理我还不知道？王大智不过是安慰我罢了。

"不经历磨炼，怎么可能光芒耀眼，对吧？"他说。

也许吧，他自己都说过，他就是这么练出来的。我闷头刷了两道题。正觉得头昏脑涨，"萌萌哒"踩着高跟鞋来了，她穿着黑白条纹短袖衬衣、黑色及膝裙子。我才想起这节是语文课，但老师外出开会了，跟"萌萌哒"换了班会的课。

王大智像想起了什么："不应该啊。"

"什么？"

"我掐指一算，今天不是高跟鞋日啊，咋还穿得这么隆重？"

"你掐指那么厉害，干脆掐一掐我能考上哪所大学吧。"

"我掐没用，这取决于你刷了多少道题。"

"喊——"

每次班会，"萌萌哒"都会给我们灌鸡汤，这次估计也不例外。她先讲了班里最近的纪律、卫生等评比结果，又说了即将到来的期末考试。所有这些说完，她挺直了身子，郑重地说："最近班里的学习风气越来越正，我很欣慰，你们已经长大了，所以我把一句话送给你们，这句话就是'越努力，越幸运'。你们会发现，自己的努力会换来自己的肯定，会换来内心的满足，会赢得他人的尊重。"

我觉得"萌萌哒"说得很对，我就是在做我最不擅长、最不喜欢的数学题的过程中成长起来的，虽然艰辛痛苦得死去活来，但也让我深刻体会到数学没什么大不了，不就那些题吗？再说我身旁还有那么靠谱的王大智愿意帮我，连数学老师对我的态度都改观了。

瞬间，我觉得内心像注入了一股强大的力量，这股力量推着我不断前进。望着"萌萌哒"走出教室，高跟鞋的声音越来越远，我在内心默默地对她说："这碗鸡汤，我干了。"

No.72

"萌萌哒"说："越努力，越幸运。"

我怕自己三分钟热情，三分钟后无情。转过身就把这六个字忘了，于是特意把它写在纸上，拍成照片作为手机屏保，一打开就是这句"越努力，越幸运"，一打开就是一碗鸡汤，这一天得有多么充实。

然而，无情的期末考试还是差点儿让我晕得找不着北，学校照例公布年级门帘。如果学生真想知道自己的考试名次，班主任还是会告知的。我也屁颠屁颠地去"萌萌哒"那儿问了，虽然知道自己考得也许没那么好，但还是抱着一线希望，我非常想知道我努力了一阶段后会不会有惊喜。我还一并问了王大智的成绩。

"萌萌哒"问："为什么关心他的成绩？"

我说："我和王大智是同桌嘛，是他让我帮忙问的。"

机智如我！"萌萌哒"找出打印好的年级门帘，上面密密麻麻地印着每个人的分数、班级名次和年级名次，看得我头晕眼花。她在年级门帘里扒拉了一会儿，告诉我，我考了班级第13名，年级第121名。

"王大智的就不用查了。"

"您的意思是？"

"年级第一还用查啊？我脑子还好使，记得住。"

"哦，呵呵。"

"王大智你就不用担心了，你的成绩也不错，有进步。"

"哦。"我一阵脸红，退出了办公室。

有进步，却还是辜负了王大智的期望，没有入围班级前十。

No.73

　　虽然王大智言之凿凿地说如果我考进班级前十，他会请我吃饭，我考不进前十也会请我吃饭，但毕竟我学习弱，很怕王大智挤对我。他是一个严厉的小老师，我要尽可能躲着他走。最近这段时间王大智超级忙，刷题、打球、忙学生会、忙戏剧社、每天忙着排练……我想他大概也没心思知道我考了多少名吧。他要是不问，我就不说。

　　下午三点王大智要参加篮球赛，之前他忙国庆节活动排练，一口水都没喝，嗓子都快吼哑了。我想给他买瓶饮料。在篮球队员集合之前，我正在楼下，想到书桌里还有瓶饮料，准备把饮料放进书包找个时间给他。在篮球比赛前后接近他不容易，他所到之处围着一群啦啦队员，吵吵嚷嚷的声音能把人淹没。

　　我先去了趟教室拿饮料，拿完饮料再去食堂买一杯饮料，遇到他时，我可以喝从食堂买的饮料，若无其事地说我包里还有一瓶，喝不了背着沉，然后递给他喝，顺理成章！然而，我买完饮料下楼时，恰巧碰到他和一群啦啦队员一起下楼。最近班里好像时不时有人在议论我们俩，虽然我们身正不怕影子斜，但有谣言总是不好的。而我们俩好像也有了默契，人多的地方尽量避免一起走路或者说话。

　　我只是扫了他一眼，他看没看到我，我不知道。我匆匆下楼，走到第五六节台阶时，竟一脚踩空，我右手一把伸出去，想要扶住扶栏时，却抓了把空气，身体一瞬间向楼下摔去，连着三四节台阶，我硬生生地摔到了楼下。我的一只膝盖顶在了台阶的棱角处，另一条小腿不知道哪块骨头磕在了台阶上。

手里的饮料受到地面的挤压，"砰"的一下，飞溅而出。

人群围过来，有人把我拉起来，问我疼不疼。我咬着牙说："不疼不疼，没事没事。"

其实我想说："真疼啊，钻心地疼啊。"

远处有人嚷着："要比赛了，赶紧的，集合了。"人群一哄而散。王大智的脸也瞬间消失在通道的尽头。

我看四处无人，赶紧弯下腰揉膝盖。好疼啊！疼得我直掉眼泪。还有，饮料喷出来时溅得我裤腿上到处都是，要多恶心有多恶心。

No.74

我把头埋进膝盖间，等待摔过的疼痛感过去。

大厅的门似乎开了，一阵风吹进来，有人走到我身边："嘿，先坐到台阶上，别动，感觉一下，是不是骨头疼？"

是王大智。

心里是惊？是喜？分不清了。

"你怎么不去比赛？"

"我说我肚子疼，上个厕所。没有骨折吧？要不要去看校医，严不严重？"

他来了，我的膝盖好像也没那么疼了。哈哈。

"没事没事，已经好多了。"

"怎么搞的？着什么急啊？"

饮料溅得我裤腿上到处都是，还差点儿摔骨折，但我能说什么？说我为了给你买饮料才摔的？我才没那么傻。

"真是霉运到了挡都挡不住。就是走得急了呗，对了，我的书包里有瓶饮料，你自己拿出来喝吧。"

"嗯？"王大智略有迟钝地应着，随后拉开我书包的拉链，打开喝了一口后，来了一句："想用饮料收买我？"

"啊？"

"你别以为我不知道你考了第十三名。"

"哦，你都知道了。"

"还用你帮我问我考了多少名？难道我连这点儿自信都没有吗？"

"是啊，你真自信，自信得要发狂了啊。赶紧去打篮球吧。"

"哈哈哈哈，我这就去，你好好待着吧，祝你的腿早日康复。"

"快去吧！"

No.75

我妈对我的成绩很满意。说是王大智辅导得好，要请他吃饭。

"算了吧，我这是自己有悟性好不好？"

"以前怎么没见你悟性这么好？"

我假装没听见，跑去屋里写作业。

第十一章　海选

　　也许我是真想试试自己有没有演讲的天分，也许只是内心渴望被关注，总之这次，我竟很想好好准备网络海选。可是离视频上传的期限只有一个星期了，时间实在是太紧张了。

No.76

在飘飞的杨柳絮快要从生活中消失的季节，全国学生演讲大赛轰轰烈烈地展开了。

"萌萌哒"非常严肃地告诉大家："区里推荐的5位选手已经报上去了，但是如果有同学对演讲感兴趣，仍然可以好好准备。因为还有网络海选，班里的每个同学都要录视频上传到网络。"

教室里的不安分因子全都蹦了出来，大家各抒己见：

"不是有各区推荐吗，好苗子各区都会推荐上去的，海选还有什么意义？"李太不白明显对这事持有怀疑态度。

"不过是凑凑数罢了。"他的同桌胡迪对所有学校组织的事都不感兴趣。

"也不一定。"王大智做沉思状，猜不出他在琢磨什么。但他的话引来李太不白和胡迪的白眼。

大家对演讲比赛一副无所谓的态度让"萌萌哒"很不满意，她那双大眼睛在班里环视了一圈后，终于清了清嗓子，大声说道："参加网络海选是为了提高参与率，但如果有优异的表现，没准会从几千上万名选手中脱颖而出。下周三之前，我要看到咱们班100%的参与率。"

说完，"萌萌哒"挑了挑眉毛，踩着高跟鞋扬长而去，留下一屋子的人大眼瞪小眼。不过只持续了一会儿，大家很快又开始各忙各的，谁手里都有着相同的作业，谁一天的时间也不会变成48个小时，目瞪口呆只会浪费时间，所以谁也顾不上谁。

这些道理我都懂，但我还是纠结了一下，也许我应该为这次比赛做个准备？要不要好好准备呢？

No.77

不知道别人是怎么看待这次演讲比赛的，王大智说的"也不一定"里的意思是不是说他也会认真准备？我不好意思问他。我心里非常矛盾，眼下学习抓得正紧，我的数学刚有起色，准备网络海选一定

135

会花太多时间，万一影响了学习那就得不偿失了。若是不参与，这么好的机会难道真要放过？从小到大，我好像没有特别主动地去做过一件事，经常是老师说这件事谁来做就由谁来做，老师的选择总有老师的理由，同学们也不会去争取些什么，偶尔有同学去找老师争取，还会被说成出风头，我很害怕这种闲言碎语。

我经常自己发呆，发呆时会想很多问题，有时候还会自问自答，并且自我感觉回答得很有水平。我很喜欢《我是演说家》这个节目，那些选手在台上挥洒自如，真让我羡慕，我甚至设想如果有一个演讲的机会，我也要从容淡定地发表演讲，讲完后，台下掌声一片。

也许我是真想试试自己有没有演讲的天分，也许只是内心渴望被关注，总之这次，我竟很想好好准备网络海选。可是离视频上传的期限只有一个星期了，时间实在是太紧张了。我左右想不出办法。只好一个人溜达到操场上，正巧有块不长眼的小石头停在我右脚的正前方，我踢了一脚，大脑里还在犹豫着要好好准备还是糊弄过去。

天空忽然下起密密小雨，柳絮从半空中飘了下来，落到我身上，瞬间衣服上一个泥点儿接着一个泥点儿。我捂着头，朝教学楼跑去。跑进教学楼，身上的衣服已经没一处干净的了。

王大智大概也是从篮球场上跑过来躲雨的，他比我早一步与那些雨水和柳絮说了再见。他看到我的狼狈样儿笑得前仰后合，至于那么幸灾乐祸吗？真恨不得他摔个四脚朝天。我狠狠地瞪他，他的右手已经笑得没了力气，任篮球从他手里挣脱落在地上。

No.78

我甩下他，走到一楼的镜子前，想看看我的仪容仪表，想看看我到底变成了什么样，让他笑得上气不接下气。

王大智仍旧在笑，他在笑的同时从嘴巴里说出几句嘲笑我的话："知道为什么一进教学楼就装着一面镜子吗？它是要告诉我们——人丑就该多读书。哈哈哈。"

"是啊！人丑多作怪。"我不理他，去照镜子。

妈呀！不看不知道，一看吓一跳，我的头发正往下滴答着脏巴巴的雨水，雨水的颜色是焦糖色的。焦糖色是时下的流行色，去年"双十一"的时候，我妈从网上订了好几件焦糖色的衣服，她穿焦糖色倒是很好看，但此时此刻这黏黏糊糊的焦糖色浇到我的头上脸上，滑进我的脖子里，真是恶心到家了。

我赶紧跑进洗手间，打开水龙头，用手接了水一把一把抹头发和脸。这一系列动作花去了五六分钟的时间，估摸着王大智应该已经笑够走人了。

岂料，当我走出洗手间来到教学楼大厅，王大智还在原地站着。他已经收敛起狂妄的大笑，冲我扬了扬头，说："雨好像越下越大了，空中的柳絮也已经都落到地上了，这会儿的雨水很干净。"他说完走到教学楼外面，接了一捧雨水。我凑上去看了看，确实很干净。

"不知怎么的，我特别想去雨里跑一圈。要不要一起去？这清澈的雨水可比你用水龙头的水洗头效果要好！"

我本来没想过要去雨里跑着淋一场的，但他都这么说了，想来不妨一试。我没回应他，率先跑进了雨里。

"喂，等等我。"身后传来他的声音。

偌大的操场，没有其他人，只有我和王大智，在密密的雨中，像两个疯子一样奔跑。

No.79

我们在雨中跑啊跑啊。王大智跑得比我快，他跑两圈，我才跑了一圈。擦身而过时，我在雨中问他："我真的适合参赛吗？"

"嗯？"王大智跑得起劲，显然没想到我会问问题，这也说明他的大脑和我的大脑不在一个频道，好在我的问题透过雨水流进了他的耳朵里。他慢下脚步，虽然略有迟疑，但很快反应过来。"哦，你是说演讲比赛海选的事吧？这要看每个人怎么理解，如果你觉得值得一试，那就别想其他的，好好准备海选，只要够亮眼，就能脱颖而出的，'萌萌哒'不就是这么说的吗？"

"哦。"

"想去就去吧，态度最重要不是吗？你看我们现在，只管奔跑，不去想结果，不是挺好的吗？"

王大智说得对。但我还是担心，万一没入选呢？万一被同学们取笑呢？

王大智停了下来，双手叉着腰，气喘吁吁地说："我看过一个泰国的短片，说一个小男孩，刚开始踢足球时踢得并不好，他很受挫，他的妈妈一直鼓励他，后来他加倍地练习，有了自信，面对对手时无所畏惧。那个短片的结尾写了一句话：最大的胜利就是战胜自己！我觉得很有道理。"

"我也觉得很有道理。"

"你最喜欢的那首歌怎么唱的，'是要有梦想，有梦该去闯，欠世界一场漂亮的仗'。还有一句我真心觉得写得好，就是那句'能不能把完美放一放'，我们何必一定要追求完美呢？就算得不到第一又能怎么样？"

"你不就是要追求第一吗？"

"所以，我也要好好想想，什么才是最重要的。假如你在演讲比赛中拿了名次，你可能会兴奋一阵子，等到高二高三甚至上了大学以后，没人会记得当年某个小比赛的冠军，但我的记忆里肯定忘不了有一天我和你在操场上、在大雨天里奔跑过。"

"王大智。"

"嗯？"

"谢谢你。"

我很想说，我觉得他说得都有道理。我和他之间存在着足够的默契，多余的话，不需要再说，他肯定会懂。

雨下得很大，我们跑啊跑，分不清身上是汗水还是雨水，跑到最后，我隐约担心，我们这样要是被老师或者同学们看到该多不好。

万幸，大家只关注这爽约一个季节的雨，没有人谈论我们。

No.80

回到家我就感冒了，浑身酸疼没有力气，但有一股无穷的力量，在我的心里萌出了芽。

No.81

第二天早上上学，在家门口我和王大智不约而同打起了喷嚏。

"没事吧？"我问。

"没事，我吃感冒药了。你呢？"他也问。

"我也没事。"

"赶紧走吧，我记得今天要考数学。"

"哦，好像是。"

"你发现没有，以前一提起数学考试，你就神经紧张，现在你很淡定了，说明数学已经成了你的手下败将。"

"有吗？"

"有，当然有。"

王大智说得好像真是这么回事，考数学时我不怎么紧张了，答题的速度和节奏也能控制了。哈哈，有进步。

王大智看我满脸陶醉，问我："演讲稿写好了吗？"

一听这个，我的笑脸马上瘪了下来："没有，昨天淋了雨，又跑得那么累，回去睡了个好觉，哪有时间写演讲稿。"

"那要赶快了。"

"是啊！我也想赶快啊，这不是还没来得及想吗？我以前参加过演讲社的活动，对演讲稿有一点点了解，我想选日常生活中的一个点，把它延伸开。"

"想法挺好的，把观点跟实际生活联系起来，我觉得有戏。你抓紧写吧，还得背呢。"

"知道了。"

No.82

　　我的演讲稿写得很快，一个午休的时间就搞定了。毕竟我是校园作家嘛，哈哈，让我自满一回吧，不自满我会憋死的。反正又没表现给别人看。

　　稿子写完就开始背，我背啊背，一遍又一遍。别看稿子是我一个字一个字写出来的，但要背起来真不容易。读了几十遍之后，很多字都说得含混不清了。连续熬了三个晚上，我终于架起了自拍杆，在拍了无数遍之后，在夜里11点离视频上传还有一小时就要结束时，我把一段拍的还算满意的视频提交了上去。

　　唉，准备的时间太不充裕了，点完发送键我就开始后悔，视频里还有很多地方说得并不好，表情也很生硬，我应该再好好准备的。

　　完了完了，我肯定选不上了。我在埋怨自己没有用更多的时间去背去练。但现在说这些还有什么用？

　　手机闪了闪，王大智的微信来了："你冠军之路上的第一个视频传上去没有？"

　　"传上去了。你呢？"

　　"我也传上去了，应付任务用的，简直是神作。"

　　"你传的什么？"

　　"明天你就知道了。"

"你就作吧！"

"你传的视频能不能发来我看看，帮你指点指点？"

"要脸，不给！"

我关了手机，眼睛已经困得睁不开了，必须好好睡上一觉。

No.83

一觉睡醒，我从疲惫不堪中活了过来。

我和王大智到早餐店吃着油条包子豆浆，正碰上李太不白也过来吃早餐，我们三个围成一桌。

李太不白心情低落，他说今天恐怕要被老师喊家长了，因为他上传的视频出了问题。

"你上传的啥？"我很好奇。

"总之很不好。"李太不白苦着脸。

"恐怖片？"王大智来了兴致。

"你还有心思消遣我。"李太不白脸上略有愠色。

我们正说着，贺青竹来了，她把王大智拉到一边，问他："你参加演讲海选了吧？我怎么听说你糊弄着交了一个视频？"

"是啊，我又不打算夺冠，不必那么认真准备。"

"你不知道吧，如果获奖，考大学会加分的？"

"我还需要加分吗？"

李太不白早就看贺青竹不顺眼了，他大声嚷嚷道："大智，你还吃不吃？我和若愚都吃完了，你再不吃，我们可不等你了啊。"

"等我一下，就来。"

王大智都没跟贺青竹说再见就跑了过来。贺青竹朝我们的餐桌瞟了一眼，很不高兴地离开了。

让李太不白惴惴不安的事情发生了。

"萌萌哒"已经从网络后台看了班上所有同学上传的视频。"个别同学不愿意参与这项活动我可以理解，但不能拿一些奇奇怪怪的视频充数吧，就算只是完成任务也要传个像样点儿的东西，你们这样应付，让我情何以堪！"

接着，她给我们看那些奇奇怪怪的视频，有的耍酷跳了段街舞，有的唱了国歌，王大智昨天说的神作也被"萌萌哒"拿出来公开，他传的是一段即兴表演的Rap（说唱）。"萌萌哒"虽然批评他："Rap跟演讲是两回事。"但也重点说明他用Rap演讲很有新意。这算不算间接表扬？至于李太不白嘛，他上传的是他模仿的一段相声。我要是"萌萌哒"也得批评他。

"这次演讲比赛，有不认真对待的，也有特别用心的，有一些很好的演讲我本人特别喜欢，看后简直心头一震啊。其实，每个人背后用了几分力，一看视频就知道了。我祝愿用心的同学能够取得好成绩。"

"萌萌哒"祝愿的人当中，有我吗？

No.84

说完网络海选的事，"萌萌哒"又不忘感慨一番："不光你们要比赛，我们当老师的也要比赛。你们大概知道了吧，下周全市要举行教师法治教育基本能力大赛，可能是因为我教思想政治的原因，学校把我的名字报了上去，比赛要经过说课、知识问答、专家答辩三个环节，过五关，斩六将，现场会很惨烈，我还没准备就要挨斩了，你们说我能不能不去啊？"

"不能？"

"为什么？"

"因为您要夺冠军。"

"要为我们学校、我们班争光。"

"可是我要付出很多时间和精力啊，区里让封闭学习一星期，你们又总是隔三岔五给我整幺蛾子，我这幼小的心灵随时都要受到你们的摧残，你们说我还能去吗？"

"我们绝对不给您整幺蛾子。"最能整幺蛾子的李太不白下了保证书。

"这么绝对？" "萌萌哒"面露喜色。

"仅限下周。"王大智定了期限。

"你们的大恩大德我心存感激。咱们说好了，下周，你们谁都不许出状况。"

"放心吧。"

第十二章　你可以输，但……

　　"我看了你上传的演讲视频，很棒哦！我有种预感，或许你会入围，但准确的消息还没下来，我也不敢打包票。等待是最让人焦灼的，你不必着急，就算没入围也不必惊慌，把它当作成长中的一次历练也好。记住，不管发生什么，你可以输，但不可以被打垮。"

No.85

我们班的学生可不是省油的灯，既然已经和"萌萌哒"约法三章，我们就一定会说到做到。从课堂、卫生、课间操等表现来看，班里42个同学都还挺给她面子的，不给她捅娄子。想必她也下了决心好好备战，她要为我们争光的。

然而，她自己那边却出状况了。

比赛当天中午，我们正吃着午饭，学校广播照例播报着时事新闻，突然插播了一条寻人启事，让高一（3）班的同学听到广播后给汤老师手机打个电话。

"'萌萌哒'这个时候不是快比赛了吗？怎么还没开始比就挨斩

了，这是让我们去救援？"李太不白说。

"一介武夫，成天斩啊斩的，'萌萌哒'怎么可能那么容易被斩？"我呛他。

"一进学校就让交手机，这下可好，要通过广播站才能找到我们。"李太不白一副落井下石的样子。

"让交手机的又不是她，那是学校规定的，别针对她。"我继续呛他。

"她可是'萌萌哒'啊，是我们的班主任，她可是要为我们争光的，她再对你不好，你也要顾全大局吧。"王大智跟我想到了一块儿。

"好啦好啦，赶紧打电话吧，我又没说不帮她。"李太不白不情愿地赶紧扒拉了两口饭。

我们三个人心急火燎地把饭吃完，收拾好餐盘，朝"萌萌哒"办公室跑。谁来打电话呢？因为不知道出了什么事，李太不白怕不明不白地被骂，主动拨了"萌萌哒"桌上的电话，顺手按了免提键，然后迅速地把电话交给了王大智，理由是"他是学霸，他打比较稳妥"。

电话一接通，"萌萌哒"声音热情如火："是大智啊，接到你的电话太好了，你是用我办公室电话打的对吧？你打开我桌子右边的第二个抽屉，里面放着我的身份证，我马上要抽签了，结果发现忘带身份证了，没带身份证不让参加比赛，你看谁有时间，能不能

第十二章 你可以输，但……

给我送过来？"

"您这是求我们吗？"李太不白坏笑着道。

"嗯？你们几个都在啊？""萌萌哒"肯定猜到我们用了免提，她顾不上问其他的，"是的，求你们快点儿给我送过来。"

"马上去，地址在哪儿？"王大智问。

"育美中学。快。"听起来，"萌萌哒"像是要火烧眉毛了。

"等着。二十分钟后见。"王大智应了，挂断电话。

我们三个你看看我我看看你："谁去？"

"一起吧，给'萌萌哒'打打气。"我说。

"别你看我我看你了，没时间了，出发。"王大智当机立断。

"等等。"李太不白说着，从"萌萌哒"电脑下面的木格子里找到了请假条，"我们出门总得有假条吧，不然出不去啊。"

"写什么？"

王大智大笔一挥在上面写下：兹有王大智、杜若愚、李太不白到商店购买班级活动用品。批假人：高一（3）班 "萌萌哒"。

我们推着单车来到校门口。王大智把假条递给门卫，门卫正在跟学校门口的垃圾清理人员说着什么，匆匆看了一眼假条，把我们放出去了。我们在路上飙车，王大智突然刹车："坏了，我把人名写成了'李太不白'，班主任写成'萌萌哒'了。"

"不是都已经出了校门了嘛，怕什么？"李太不白拍了拍王大智的脑袋。

"是啊！"这一拍把王大智拍清醒了。

"快走吧，还想不想让'萌萌哒'比赛了？"我踹了王大智一脚，三个人骑上单车不顾一切地往前奔。

No.86

李太不白练过长跑，骑单车的速度堪比喝饱汽油的小汽车，我和王大智在后面追啊追，主要是我，以王大智的体力是能追上李太不白的，他为了等我才骑得慢的。不一会儿，我俩就被李太不白甩出了两条街。

下午1点23分，李太不白找到了"萌萌哒"。但是，悲催的是身份证在王大智手里。我们俩呼哧带喘地追到了育美中学，听到李太不白正在安慰"萌萌哒"："老师你别着急，再有两分钟他俩就来了，绝对耽误不了您抽签。"

"你在这儿等着，我去上个洗手间。""萌萌哒"把手机交到李太不白手里，转身往洗手间走去。

"老师，我才来了五分钟，您已经上了两次洗手间了。"李太不白提醒她。

"有吗？""萌萌哒"不好意思地问。

此时，我和王大智闪耀登场。我俩在半分钟前已经到了，但是骑车骑得要累残了，在楼道里休息了30秒才过来。他俩的对话我们听得很清楚。我猜想"萌萌哒"老上厕所，大概是太紧张了。

一点半抽签，签到室门口一下子来了几名学生，参赛教师们觉得

很奇怪，工作人员也不知发生了什么，过来问。

"萌萌哒"赶紧说："送考的送考的。"

"还有学生来给老师送考，真是师生情深！"工作人员意味深长地说。

"那是。"李太不白满脸笑意地回道。

待工作人员转过身，"萌萌哒"倒抽一口冷气，一把夺过王大智手里的身份证，赶紧去抽签。抽完签，她跑出来兴奋地说："我是一号，赶紧比完，我好早点儿回学校，都一个星期没见你们了。"

"一个星期没见我们，您还想我们啊？"李太不白问。

"那当然，我怕你们给我捅娄子。""萌萌哒"回答道。

"您还是担心担心您自己吧。"王大智指了指她手里的身份证。

"萌萌哒"翻了个白眼："我就是偶尔大意了。"

在其他选手抽签的时间里，我们三个和"萌萌哒"随意地聊着天，也是想让她放松一些。

"老师，您今天这一身正装，简直就是个精英白领啊！"王大智调侃道。

我顺过气来，才注意到"萌萌哒"化了淡淡的妆，穿了一件浅蓝色衬衣，外面套了一件小白西装，脖子上那条蓝黄相间的小花纹丝巾系得一丝不苟，下身仍是那条及膝的黑短裙。整个人精致极了。

　　"比得了你的日语偶像吗？""萌萌哒"旧事重提。

　　"老师，不带您这样的，老记仇。"王大智不高兴了。

　　"还认真了。""萌萌哒"也乐了。

　　"话说，您也真能想出来，找不着我们，竟然给校广播站打电话。"李太不白说。

　　"不然呢？我打电话给办公室的同事，他们都吃饭去了。关键时刻，只能给校广播站打电话寻人了。说出去也怪丢人的，这件事不许跟其他班的同学说啊。"

　　"您觉得我们保守得了这个秘密吗？"王大智坏笑着说。

　　"保守不了就保守不了吧，也没什么。""萌萌哒"释然了。

　　"我说老师，您这天天跟我们说做事要长脑子，您今天出门是怎么回事啊？"李太不白自觉送身份证有功，说话挺来劲。

　　"怎么跟老师说话呢？"我小声说着，用手拍他一下。

　　"萌萌哒"大概还没转过弯来，紧紧握着身份证，虽然已经签过到了，还是生怕它飞了。

　　"出什么门？我已经封闭学习一周了，脑子搁哪儿都不知道了。说不准轮到我时，我会灵光乍现呢！""萌萌哒"笑道。

"祝您好运。"

"等我回去再跟你们算账。"她大概回想起了李太不白取笑她的那句出门不带脑子的话，故作生气地说。

"老师，您别恩将仇报啊。"王大智替李太不白说话。

154

"那可没准儿。"说这句话时，我感觉"萌萌哒"除了年纪比我们大一点儿以外，本质上跟我们没什么区别，她也像个孩子。

"老师，用我们陪您吗？"我问。

"不用，比赛现场不让人进。""萌萌哒"朝赛场方向望了一眼，赛场两扇门紧闭着，很是瘆得慌。

"我们在门口等您吧，您比赛时间不也不长吗？"李太不白说。

"也好，反正二十多分钟就结束了，结束咱们一块儿回学校。"

"加油加油。"我们三个举起了右手的拳头。"萌萌哒"也举起右手的拳头，冲我们使劲点头，然后把手机交给我，大踏步迈入了她的赛场。

她的寻人启事反响强烈，不一会儿就有同学打电话来，我告诉班里同学没什么事，让大家好好学习。

No.87

赛场的门大概是坏了，"萌萌哒"进去以后，那门没有完全合上，我们三个挤到门缝处看她比赛。

赛场正中间坐着五位评委，估计都不是什么小人物，评委正对着的墙上有个大屏幕，大屏幕左侧有张桌子，她对着桌子，面向评委站着："评委老师好，今天我的说课题目是……"

"看不出来，'萌萌哒'面对评委很淡定啊。"李太不白说，"跟刚才一个劲儿紧张的她判若两人啊。"

"有的人平时看着很一般，但一站在台上就变成另一个人，这叫人来疯，越在外人面前越是大场面越沉着冷静。'萌萌哒'大概是属于这类人。"王大智如此评价。

她的说课进行得很顺利。十分钟的说课时间控制得刚刚好。

第二关是知识问答，在工作人员的引导下，选手可以在大屏幕上选题，每题有5个空要填。"萌萌哒"选了4号题，接下来开始回答。她一边念题一边答题，背得可真溜啊。

"我答完了。"不到一分钟，她的知识问答回答完毕。

我总觉得哪儿不对劲，不是说有5个空要填吗，怎么只回答了4个空呢？我从门缝里看大屏幕上也是有5个空啊。"萌萌哒"怎么只答4个啊，真急死我了。

关键时刻，工作人员做最后的问询："确定答完了吗？您还有一分钟时间考虑。"

"萌萌哒"重新看了大屏幕，突然说道："哎哟，我怎么看成了

4个填空题了？"她说着，耸了耸肩膀，吐了吐舌头，评委被她的表情逗笑了，"我重新说一遍答案。""萌萌哒"不好意思地说。

最后一关是专家答辩，虽然我们不懂专家问的问题，但"萌萌哒"对答如流，似乎稳操胜券。

"萌萌哒"出来了，看到我们，她顿时神采飞扬、如释重负地说："终于结束了。"

"怎么样？"我很想知道"萌萌哒"在比赛时的自我感受，也许过不了多久，我也要走上演讲台，虽然现在演讲比赛的结果还没出来，但万一是我呢？我总要提前做好准备吧。

"我尽力了，至于结果，不是我能左右的，管他呢！吃什么？我请你们。"

"哪能让您破费？吃个最贵的冰激凌就行了。"李太不白毫不客气地说。

"老师，您刚刚比赛时还马大哈了吧？"王大智直来直去地问。

"啊？你们怎么知道的？""萌萌哒"皱着眉头，身子往后缩了缩，好像意识到我们是坏人，要随时提防我们似的。

"我们扒门缝上，还看到您尴尬得吐舌头了。"李太不白道出了细节。

"老师这点儿事全让你们看到了，真是有损我的光辉形象。""萌萌哒"笑了笑，神情倒不尴尬。

"我不这么认为，其实小瑕疵更衬出您的小可爱。"我说。

"啊？哈！就喜欢你们这么没头没脑地夸我。""萌萌哒"自恋地说。

"哈哈哈。"我们都笑起来。

"我真觉得那是很自然的神情表现，真的很可爱。"我怕"萌萌哒"以为我拍她马屁，极力申辩。

"我懂，我懂，不需要解释，哈哈。""萌萌哒"摸摸我的头，"咱们快走吧。"

No.88

回去的路上，"萌萌哒"给我们一人买了一个冰激凌。为了感谢同学们锲而不舍地给她打电话询问，她还给班上每个同学都买了，还是最贵的那种。冰激凌攥在手里扶不了车把，我们只好推着单车走。王大智和李太不白走在前面，我和"萌萌哒"走在后面，我忽然有很多问题想问她。

"老师，如果身份证没送到呢？"

"那就只有放弃了，也许会有小遗憾，但总要坦然面对。"

"你会埋怨自己吗？"

"会啊，但这是由于我自己的失误造成的后果，只有自己承担，对学校、对你们都要有个交代。我比你们大不了几岁，也是年轻人，也在走一条不曾走过的人生路，面对着不曾面对的事，也会犯错误，但无论别人怎么想，无论别人怎么帮忙，无论发生了什么，任何人都无法替我们成长，唯有自己面对，是不是？"

"是啊！"

"我看了你上传的演讲视频，很棒哦！我有种预感，或许你会入围，但准确的消息还没下来，我也不敢打包票。等待是最让人焦灼的，你不必着急，就算没入围也不必惊慌，把它当作成长中的一次历练也好。记住，不管发生什么，你可以输，但不可以被打垮。"

"嗯。"我答应着。望着前面就要追上王大智和李太不白的"萌萌哒"，心里有种被充分理解的感觉，仿佛我内心的五味杂陈她都知道。

No.89

回到学校，正好下课铃响了。

进校门时，门卫把我们拦住了："三位同学等一下，看看你们的请假条，写的是人名吗？"

兹有王大智、杜若愚、李太不白到商店购买班级活动用品。

批假人：高一（3）班"萌萌哒"。

"萌萌哒"一看请假条就会意了，先是瞪了我们仨一眼，继而跟门卫好言相说："真抱歉，写的是人名，是我写错了。我重新补一张，一会儿送过来。"

　　"好的，您是高一（3）班班主任汤萌老师吧，怎么成'萌萌哒'了？"

　　"'萌萌哒'是我的……我的笔名。""萌萌哒"磕磕巴巴地说。

　　门卫心地很好，说："嗯，记得补请假条啊。"然后就放我们走了。

　　我们仨默契地往前走，"萌萌哒"及时把我们喝住："看看你们干的好事。李太不白是李白吧？'萌萌哒'就是我的外号喽！原来你们暗地里叫我'萌萌哒'啊。以前不是叫我老汤吗？怎么又成'萌萌哒'了？"

　　"这是昵称，您的名字里有一个'萌'字，性格又活泼又可爱，再叫您老汤，名不副实啊，我们这也是与时俱进，对吧？"王大智轻晃着脑袋，解释完，又把眼神丢给李太不白。

　　"现在这社会，没有三两个网名，谁好意思说自己是年轻人？您说对不对？'萌萌哒'这个名字，跟您本人真是绝配啊！"李太不白也机灵，又补了几句好话。

　　"萌萌哒"掩嘴笑起来，没再追究，而是轰我们去车棚放单车，好赶紧去教室给同学们分冰激凌。不然化了可就麻烦了。

"萌萌哒"一进教室，同学们像见到亲人似的欢呼雀跃。

"萌萌哒"让王大智和李太不白把冰激凌发给大家。教室立刻散发出冰激凌的甜香。

"老师，您战绩如何？"

"不怎么样。"

"结果什么时候下来？"

"不知道。先不说我怎么样了，我得跟大家说件事。今天中午播完寻人启事，我至少收到了20个电话，有借其他老师手机给我打电话的，有用我办公室电话给我打电话的，都问我出了什么事，需要帮什么忙。你们可能不知道，那一通通电话打过来，让我特别感动。我不知道今天的结果会怎么样，也许会捧一个奖杯回来，也许什么都没有，但今天的感动、今天的这个小插曲我会一直记在心里。谢谢你们。我想我们高一（3）班就应该这样，不管谁遇到困难，我们都能伸出援手，都能施之以帮助，这才是一个团结的集体，将来不管你们考上了哪所大学，回想起你们的高中生活，都能感觉到温暖。"

"萌萌哒"慢慢地说，我们静静地听，她眼里有光，那光掠进我们心头，荡起一阵一阵的感动。

第十三章　最后期限

　　演讲稿已经被我背了不知道多少遍，梦里我都在跟一句句的演讲内容死磕。我也没想那么多，只要能在复赛里好好表现就OK了，至于全国总决赛，爱怎么样怎么样吧！

No.90

"你好，我是全国学生演讲大赛组委会的，现通知你参加复赛，时间为5月16日，地点另行通知。相关事宜我们已经和你们班主任汤萌沟通过了，好好准备。"

接到这个电话时，我的第一反应是我撞上大运了，第二个反应是我真的撞上大运了。我得先去找"萌萌哒"核实情况。

我心急火燎地跑到"萌萌哒"的办公室，她正在翻桌子，等我来到近前，她抬头习惯性地推了推鼻子，发现没碰到眼镜。嗯？她那副粗笨的塑料眼镜不见了！我第一次发现老汤竟然有一双耐看的大眼睛，仿佛自带美瞳一般。

她望着我说："你来得正好，我在找演讲稿范本，你拿去多读读，找找感觉。对了，还没祝贺你进入下个月16号的复赛呢。"

"这么说，我真撞上大运了？"

"你以为呢？"她挑着眉，严肃又不失活泼的劲儿真逗。

"老师，我一定好好准备。"

"好，去吧。"

"老师，不得不说，您真是一个气质在线的大美女。"

我说的都是最真实的心里话，就在刚刚她说到"你以为呢"时，那双大眼睛便配合着她俏皮的嗓音，跳跃着光彩……

我接过范本，一溜烟跑了，我要把这个好消息告诉王大智。背后传来"萌萌哒"的嘀咕："这孩子，说什么呢……"

嘿，还不好意思了。

王大智不在教室，我想起今天是星期二，他一定在篮球场。我走到楼道尽头，那里正好能看到篮球场。

他得一个多小时后才能结束篮球赛，要按平时，我很喜欢远远地看他打篮球，但今天，我不想看了，离复赛还有一个月的时间，复赛演讲要五分钟，我参加网络海选的稿子才两分钟，肯定达不到要求，我得改稿。

教室里有些吵，对面的图书室比较清静，没几个人，我正好能安心改稿。

稿件拆拆补补，修修改改，终于续成了一篇五分钟的演讲稿，但还是有很多措辞不合适。只好又改，改完再看，又改，再看……直到图书室的老师催我回家吃饭，我才抬头望向窗外，天已经黑了。我得先回教室取书包，晚上还要写作业。

教室里静悄悄的，只有王大智一个人在纸上写写画画。

"你怎么还没走？"

"你的书包还在桌洞里，我猜你不知道上哪儿用功去了，等你一起走。"

这个王大智可真贴心啊！

"你去干吗了？"

"改稿去了。"

"改完了吗？演讲稿写起来可不简单。"

"是啊！我就想努力一点儿，再努力一点儿。没办法，天赋不够，努力来凑。"

"冲你这股劲，肯定能入围决赛，将来代表咱们市出征全国赛，拿了大奖可别忘了请我吃饭。"

"希望能出现奇迹吧。"我对未来充满希望，却还是信心不足。

"没问题的。"

"那啥，有件事求你。"

"什么事？"

"帮我看看演讲稿吧？"

"我没时间，我要参加物理竞赛了。"

"王大智！"我歇斯底里地叫着。

"大声叫出来吧，这是放松情绪的最好办法。"

"嗯？你刚才故意的？"

"当然，我就知道没有我帮你把关你内心一定惶恐不安！"

"得了吧你！"

王大智帮我看了稿子，改了几处不妥的地方，但我还是不放心。回到家一直改到半夜11点，我把稿件发给了"萌萌哒"。

大概12点多一点儿，正当我累得趴在桌上打盹儿时，我的手机闪了闪。她把稿件返给我了，改了标题和内文的几处顺序，还在微信里回了两个字"加油"。

"很对不起您，三更半夜打扰您。"

"如果这样的打扰能让你心里踏实，能让你充满力量，能让你更好，老师愿意被你打扰。"

我顿时热泪盈眶，我必须要好好练、好好比。但我总怕自己付出太少，我总想再熟悉一遍，再练习一遍。

演讲稿已经被我背了不知道多少遍，梦里我都在跟一句句的演讲内容死磕。我也没想那么多，只要能在复赛里好好表现就OK了，至于全国总决赛，爱怎么样怎么样吧！

5月16日，严峻的考验到了。

"萌萌哒"作为思想政治老师兼班主任以及我此次演讲比赛的指导教师，陪我去了复赛现场。

为了准备复赛，我快累瘫了，怎么上的台，演讲过程是怎么样的……我全都记不得了。

下了台，走出复赛大厅，我晕倒了。

怎么回的家也全然不知道。

No.91

我醒来时，我妈正在电脑前敲着什么，见我醒了，她关了电脑走到我身边。

"你什么时候回来的？"我问。

"我一直在家啊，汤老师送你回来时我才知道你入围了复赛，而且获得了第一名，你这个妈妈，忙得有点儿太过分，很不称职。"

"哦，还好吧。"我妈竟然跟我检讨了，应该是"萌萌哒"跟她说了什么，让她有所醒悟。我按了按太阳穴，让自己稍微清醒了一下，"我饿了。"

"你已经睡了11个小时了，哦不，是13个小时了，能不饿吗？"我妈看了看手机，大概在算时间，她数学不太好，算这样的时间都是难为她了。

"你刚才说什么，第一名？"

"是啊，我听汤老师说你为了名次拼得这么狠，连自己的身体都不顾了。"我妈埋怨道，"这几天我得做点儿好吃的，给你补补。"

"第一名，这不像是真的吧？"我嘟囔着，一个鲤鱼打挺从床上跳起来，鞋都没来得及穿就跑去客厅找手机。

"看把你急的，给，手机在这儿。"

"知我者，我妈也，真是我亲妈。"我迅速向我妈表白，然后一把抓过手机给"萌萌哒"打电话。"萌萌哒"似乎料准我一醒来就会找她，电话刚一拨出去她就接了。

"老师，我……"

"不用问了，是真的，你得了市高中组的第一名，没办法，我实在不能把你扛到台上领奖，所以只好帮你上台领了，获奖的事我已经昭告全班了。怎么样，一举成名的感觉惊不惊喜，开不开心？"

我话没说完，"萌萌哒"已经把我想问的都答了。

"我有点儿被吓着了，怎么可能呢？"我是真的有点儿蒙了。

"因为你准备得够充分，而且拼了时间和精力啊！现场有好几位选手是照着稿念的，明显准备不充分，没有用心。你发挥得那么好，要是得不了第一名，我都要去跟他们理论了。"

"那就是说，我还要继续准备全国总决赛了？"

"怎么？听起来很不乐意啊？"

"最近忙着学习、写作业、写演讲稿、背演讲稿，我快熬不下去了，我怕我没精力和时间去准备。"

我说的这番话完全是事实。每天，不是这科课代表来催作业，就是那科试卷没写完，还有新的演讲稿需要在下午四点前发给审稿的老师，每个人告诉我交任务的时间都是最后期限，每天都在跟各种"最后期限"赛跑，感觉自己快累到极致了。

就在前一天，王大智问我要不要吃零食。结果我听成了"要不要写历史"，让他把作业本给我抄抄。他拍了拍我的脑门，说："老师没留历史作业啊，你背稿背疯了吧！"

我哑然，我是真的快被各种"最后期限"逼疯了。

"这段时间你确实太累了，休息两天再想总决赛的事，好不好？""萌萌哒"语重心长地说。

"好。"我应着。

为了让我们在决赛时表现得更好，主办方把入围总决赛的小、初、高、大学组选手凑到了一起，请了播音专家来给我们做指导，从语言到动作到神态，细致入微，每个小纰漏都要杀死在萌芽中。跟我同一组的其他选手都来自名校，参加过很多次演讲，看了他们的现场表现，我瞬间想逃。

工作人员喊到我的名字，该我上台试讲了。我想我总应该拿出点儿动作，不然老戳在那儿显得很单调。于是在演讲过程中我加了一些动作，比如时不时带手势或者将眼睛望向远方。

　　"演讲稿还需要打磨，演讲本身是一个很枯燥的概念，怎样做到打动人心？要结合理论与事例，所以稿件要入情入理，要入木三分，要有煽情的话语，不要假大空，要抠细节，要与评委和观众找到共鸣。OK？"这位指导老师是来自某著名高校的老师，我怎么听怎么觉得她说得对。《超级演说家》里的那些演说家就是这么做的。

　　按照流程，播音老师要给我点评。

　　"你表现得很不错，优点就不说了，只说缺点。有些细节处理得不够好，你的动作太假了，小学生表演节目时加入这些动作看起来会让人觉得可爱，高中生再这么挥手就显得做作，要保持自然，娓娓道来。不要端着，做一个真实的你。"

　　她一开口说话，我瞬间心虚得要命，顿时惶惶然。看我一脸蒙，播音老师又说："我说的这些都可以临时调整，唯有你淡定的气场是你自己的，你上台时并不慌，状态很好，这一点是你的优势，光凭这一点你就应该对自己有信心。"

　　我有淡定的气场吗？我怎么不知道？

No.92

"萌萌哒"说她要陪我一战到底。她跟学校打了招呼，只要是在比赛期间，我在哪儿，她就在哪儿。

"班级怎么办？"

"班上的事我会交给班干部监督处理。再说，难道你不觉得咱们班的自我管理能力已经很强了吗？"

"那倒是。"

也就是说全国总决赛期间"萌萌哒"会一直陪在我身边。哦耶，她在，我心里踏实。

决赛地点在离学校很远的一座新建的教育基地。我们提前一天住进了基地附近的酒店，晚上还抽了签。我是下午场的1号。

晚上，我睡不着。我爸给我发来微信，让我不要想太多，发挥出自己最好的状态就够了。

我妈去外地参加新书发布会，她写了一段话给我："如果你要做成一件很难的事，就要冒着掉眼泪的风险。愿你的青春享得了开心，也经得起眼泪。"

我妈不愧是作家，给点儿鼓励都透着文学味儿。

比赛当天上午，我观摩了小学组的比赛，竞争很激烈，观战过程中，无数头小野兽在我心里奔跑，告诉我小学选手都那么强大，高中的选手更不是吃素的，我要好好比。

王大智给我打了个电话，问我："准备好了吧？"

我没好气地回他："准备等死。"

"不会的，我看好你哦！祝你拼出新高度。"

"但愿吧。"

"用不用我们去陪你？"

"不用，这还用陪着？"我将内心的不安轻描淡写，像"萌萌哒"说的那样，这一切总得自己面对啊。

但当我在赛场大门口看到王大智和李太不白的身影时，我还是没忍住，一下子热泪盈眶。

"我说你是不是傻？我们俩往这儿一站，你就哭了，要是得了冠军，还不得哭个三天三夜？"王大智戳我脑门。

"我要是得了冠军，哭个三天三夜也行啊。来，给我拍张哭脸照，记得美颜。"我破涕为笑。

"真是够了，来，看我这里，咱们仨来张合影。"李太不白说。

我们三个凑到一块儿："耶！"

"你不是要拍哭照吗？怎么笑了？"

"我乐意。"我翻着手机里刚拍好的照片，顿时火大，"没用美颜？"

"你不用美颜也挺好看的。"王大智说。

我"喊"了一声。

"李太不白，你说是不是？"他又问李太不白。

"是，是的，大智说的都是真话。"

"你俩狼狈为奸。"

"说你美，还不乐意了。真是的。"

"哎哟，我这才发现你还化了妆！"王大智跟让人踩了尾巴似的直叫唤。

"'萌萌哒'给我化的，说化个淡妆看着精神一些。"

"不是一般的精神啊。"

"那是，我不是（1）班的，我是（3）班的。"

"那我们应该祝你美出新高度。"王大智又说。

"哟，送考的来了？""萌萌哒"看到我们三个在总决赛展板前面拍照，打趣道。

"是啊，这不全班同学派我们俩来给她加油嘛！"王大智的借口非常充分。

"但是，你们找谁请的假？"

"我们写了张假假条。"王大智赔着笑说。

"又来这出！""萌萌哒"的脸立刻阴了下来，拿眼睛瞪他俩。

"不过这次我们没有把您的名字写错，您不用再去补一次了。"

李太不白补充道。

"你们的心情我理解，加完油就走吧，别耽误了学习。"

"嗯，我们这就走。"

"站住！""萌萌哒"喝住他俩。

"啊？"

"记住了，以我的名义开假条这种事，下不为例。""萌萌哒"严肃地说。

"得嘞。"他俩齐声应和，做敬礼状。

送走了王大智和李太不白，"萌萌哒"缓和了语气，说："无所求，才有所得。放下所有心理包袱，勇敢上场。"

"嗯。"

"下午第一个出场的就是你，你看上次我也抽到了第一个出场，我觉得先出场很有优势，比完了就解放了，那些抽签抽到最后的人，背也背不了多少，还要等，不知道有多焦虑，所以，踏踏实实比，就算没发挥好，那又能怎么样？你只不过是跌倒了一次而已，爬起来就是了。爱你的人还会像从前一样爱你。你没有一点儿损失对不对？"

"嗯。"

"去吧。我在台下看着你。"

我爸我妈、"萌萌哒"、王大智、李太不白，他们让我感受到了周围满满的关心，正如他们说的那样，就算失利了，充其量也就是回到原来的生活，没什么实质性的损失。想到这些，我那颗悬着的心逐渐平静了。

为了方便选手们沟通，主办方建了个微信群。

大家在群里聊天、吐槽，更多的是互相加油鼓劲。来到教育基地这段时间，比赛每天都在进行，我们不比赛的会自发地去为同伴们助威，每比完一轮，一小时后就会公布分数，群里时不时地爆出谁得了几等奖，一堆人时而欢呼送花，时而互相安慰给个笑脸。

"下面请高中组1号选手上场。"

我望向"萌萌哒"的座位，她冲我竖起大拇指。

我抬头挺胸，来！美出新高度的我要上场了。

一番简单的开场白之后，我的演讲顺畅地进行着，但到第四段，脑子不知怎么走神了，都不知道自己说到了哪儿，原本要说的也没说出来，好在第五段时及时做了调整，把第四段没说的补了回来。

好险。

4分55秒，我的演讲总算顺利结束。走到台下，我感觉后背已经让汗水湿透了。

"萌萌哒"站在会场一侧等我。

我一见到她就急忙说："老师，您听出来了吗？我有两段弄混了，打了个小磕巴，后来又补回来了。"

"我听出来了，你处理得很好，没有惊慌，即使打个小磕巴也不会影响什么。"

"真的？"

"难道我还骗你不成？"

"老师，您觉得我讲得好吗？"

"好啊。"

"真的？"

"傻孩子，你还是太紧张了。现在你的演讲彻底结束了，什么都别想了，咱们听会儿其他选手的演讲，听听你们同龄人的水平。"

"好！"

我们坐到观众席，观摩了几位选手的演讲，水平各有千秋，我也很有收获。

快三点时，"萌萌哒"接到北京队组委会工作人员的电话，让我们参加辩论赛培训。

我有些蒙："真的要参加辩论赛吗？"

"之前不是说过有辩论环节吗？"

"是说过，但是全国高手如林，我没想到咱们的代表队会走到哪一步，没准止步前八强呢？"

"就目前的形势来看，咱们市小学组和初中组的成绩很好，你的成绩还没出来，大学组也是明天才比赛，但小学组和初中组的成绩会拉高整体分数，就算你和大学组选手成绩不理想，总分也能挺进前八强。"

"我们队这么强啊！"

"你还在怀疑什么？"

"没什么。但我想知道，参加完辩论赛培训我是不是可以回家睡个觉，我住酒店不习惯，头都快炸了。"

"好，准你。"

No.93

"速来第二演播厅。"

"快。"

"马上。"

……

我在家沉沉地睡了一觉，醒来时，手机振动了很多次，有很多未接电话和"萌萌哒"发来的微信。我拨回去，"萌萌哒"大声叫道："快到第二演播厅，你获奖了，下午颁奖。"隔着话筒我似乎都能感觉到她的焦急。

"我要是赶不过去，您就帮我领奖。"

"不行，你人生当中这么重要的时刻，我可不能替你上台。快点儿，抓紧。"

我在睡眼蒙眬中跳下床，脸没洗、牙没刷、头没梳，抓了一件白

T恤套在身上就往教育基地赶。

"萌萌哒"已经望眼欲穿了，见我现身，一把把我揪到会场前排。哇，好热闹！选手们个个穿得姹紫嫣红，一个赛着一个美。只有我，是完完全全的素颜。

"老师，我这样是不是显得不太正式？"

"我们要的是自然美，中学生这个年纪，自然就是美。"

"之前比赛中让我化妆的不也是您吗？现在又要自然美了？"

"都来不及化妆了，还不给自己的自然美来点儿鼓励啊？快，估计领导发完言就该你们上台领奖了。"

"我得了什么奖啊？"

"我也不知道，等着吧。"

随着三等奖和二等奖的公布，我的心突突突跳得厉害。我的天，我不会真得一等奖吧！

接下来，一等奖公布了。没有我的名字。天哪！我不会……

主持人还在念人名，王小倩，杜若愚……

杜若愚？哎哟，是我呀！我真得了一等奖。我回头找"萌萌哒"的身影，她就在我的左后方，朝我竖了两个大拇指。

我紧张得要死，满手心都是汗，右手激动地握住左手，左手都被我抠红了。怎么跟我妈生我的时候咬手臂有异曲同工之妙呢？果然是亲妈，遗传使然。

念到名字的要上台领奖。我假装镇定地走上台，两条腿却抖得厉害。左脚差点儿绊到右脚，真是糗到极致。

"你可真了不起啊！"

"是啊！太了不起了！竟然获得了全国一等奖，可以啊。"我的大脑里有两个我，一问一答。

"我是在做梦吗？"走到台下，我迫不及待地问"萌萌哒"。

"你的左手告诉你，这是真的。"

"左手？"我低头看我的左手，刚刚抠的，还红着呢。我不好意思地笑了笑。

"萌萌哒"也笑了笑，说："接下来，好好应对辩论赛。"

"又是辩论赛。就不能让我再陶醉一会儿，等一下再折腾不行吗？"

经过和"萌萌哒"几天的朝夕相处，我们已经熟成好朋友了，有时候我还敢和她讨价还价。

"你得有一颗爱折腾的心，这是让自己变得更厉害的最好办法。""萌萌哒"拍拍我的头，意味深长地说。

我愣了两秒，把证书装进书包，冲她坚定地说："那么，咱们走吧。"

No.94

演播厅门外立着宣传牌，前面架着几台摄像机，我和"萌萌哒"走到门口的时候，几个记者围了上来，说要采访我。

"采访……我说什么？"

"想说什么就说什么。""萌萌哒"回答得倒是干脆。

采访还没开始，一名小学组的选手从演播厅走出来。他得的也是一等奖。记者们建议我跟他一块儿做采访。跟在小选手身后出来的是初中组和大学组的选手，得的是二等奖。他俩像是自动回避一样，坐到了大厅一旁的沙发上。

我突然很心疼他们：同样是努力，同样是付出，结果却不一样，他们心里会不会失落？

我的心疼很快被记者的提问打断，问我们的感受，问我们的收获。我说了一些场面话，平时没事自问自答的那一套练就了我对答如流的本事。

在说场面话时根本顾不上说很多发自肺腑的话，但我内心深知我要感谢的人太多：感谢被我一路用微信轰炸陪我拼杀的"萌萌哒"；感谢等我一起回家经常听我长吁短叹的王大智；感谢王大智和李太白冒着被"萌萌哒"批评的危险给我助阵；感谢每个支持我、给我鼓励的朋友。我的每一次向前迈进都是因为有他们的支持。

179

回到基地酒店，我跑到洗手间的镜子前看看我不修边幅的形象。从家里出来得匆忙，竟然没来得及洗漱就上台领奖，领的还是我有生以来比较大的一个奖。

不管怎么说，千辛万苦都过去了，我得奖了。此时我内心只有一个词可以形容——心花怒放。

我躺在床上哼起熟悉的旋律：

年少和轻狂被大人夸张

是谁规定了对的形状

镜子里的我帅得很闪亮

这才是我真实的模样

……

听听，这歌唱得多么贴合此时此刻我的心境啊！

我回忆着大赛的心路历程，独坐窗边煽情，感受着奋力拼杀而来的荣誉，真是喜不自胜。

"杜若愚同学，您在人生当中第一个全国级的大赛领奖时竟然穿得这么随意就上了台，真够大大咧咧的。" 王大智的电话打来，他们已经从电视上看到了我领奖的"盛况"。真是哪壶不开提哪壶！这不是让我上火嘛！

"谁规定上台领奖就一定要穿正装？"

我和他简直一言不合就拌嘴。

按照大赛规定，来自各省市进入前四强的选手要组成一支代表队，代表本省市参加对抗赛。四位选手当中自由选派两位选手对知识问答题进行抢答，另外两位进行辩论。辩论根据分组抽签决定题目与正反方，双方选手根据自身立场，使用具有说服力和普适性的例子作为论据，辩论内容要逻辑清晰、切题，能阐明自身观点。

小学组和初中组的选手在决赛期间就已经开始背诵知识问答题了，小学组那个小男孩的妈妈随时随地抽出几页纸的题目提问；辩论赛的任务毫无疑问落在了我和大学组小姐姐身上。

我毫无辩论基础，之前也没看过辩论赛，当时只想着演讲，把辩论的事给略过了。

我们的领队知道此事紧急，当天下午把我和小姐姐拉到了一个辩论现场，那儿正在进行一场青少年辩论赛，他让我们去那边观摩，找感觉。

八位辩论选手分成两组迎面坐着，我们被隔在大玻璃门外，里面在录节目。设备都在外面的大厅里，各种机器呼呼转着，为5月的天气增添了闷热。

抬头看，十几个小屏幕上正从各角度播放着辩论场上的实况，主持人是一所高中的女生，正在上高二，穿着镶钻礼服，很有主持人的范儿。男主持是一所知名大学大三的学生。

辩论赛已经开始了。我们坐在演播室外面，在大小屏幕前有几个人不停拿笔记录，我也拿出笔来，观摩总要有个观摩的样子吧。

但我记得着实乱七八糟，听也没听懂，连赛制都是云里雾里。于是记到中间，我索性搁笔不记了。

辩论赛结束，在大小屏幕前坐着的几个年轻人站了起来，手里拿着记录的一沓纸。看他们站起来，领队也站起来，把我和大学组的小姐姐拉到几个年轻人面前。

"一会儿请几位评委随我们去教育基地吧，给我们的选手好好指导指导。"

评委？我以为辩论赛的评委都是骨灰级的大咖，怎么着也得三四十岁吧。没想到坐在大小屏幕前不停拿笔记录的几位小哥哥就是评委，而且是三位大帅哥，很帅的大帅哥。

他们当中一位是某知名大学辩论队的队长，一位是另一所知名大学辩论社的社长，还有一位……总之都是过去只存在我的幻想当中的人物。

如果不是一定要进行辩论，我对这种逻辑风暴的辩论赛是提不起兴趣的，但是能在此时此地遇到大帅哥，也是一大收获。

趁现场比较忙乱，我偷偷拍了张三位大帅哥同时入镜的照片，我把照片发到只有我、王大智、李太不白三个人的微信群里，并留言道："我们的辩论教练驾到。"

"秀色可餐啊！"李太不白一下子截到了重点。

"有颜值又有能力，帅吧？"我骄傲地回道。

"有我帅吗？"

"你觉得呢？"

"其中一位帅哥好像还是辅导我物理竞赛的师兄啊，等等，我查查。"

王大智查得很快，不到半分钟就对上了号："果然是我的师兄，帅气绝顶的大神奕然啊！"

"太好了太好了，介绍给我认识呗？"

"还用介绍吗？他给你们指导，你直接冲上去要他微信电话不就得了？"

"多不好意思！"

"你都成花痴了，还有什么不好意思的？"

呃，真想把王大智撕成碎片。

夜里11点，我和大学组小姐姐在酒店里奋战。"萌萌哒"和帅哥评委们也都擦亮眼睛为我们找碴。因为有大帅哥在，过了12点，我还精神振奋、毫无睡意。

我和大学组小姐姐练到夜里1点多，基本找到了辩论的感觉，接下来就是自己吸收消化了。

收工之前，奕然说："你俩遇到问题可以直接问我们，我们把电话留下吧，或者，咱们建个微信群？"

我心里冒出一个激动的声音："好呀好呀！"

我没费吹灰之力就得到了奕然的微信号。哈哈！

No.95

辩论赛在两天后进行。

我的脑子已乱成了一锅粥。虽然准备了很多现场应对的小纸条，但也担心只是杯水车薪。更要命的是头天晚上友队邀请我们举行试辩论。听那意思，人家摩拳擦掌似乎稳操胜券。事实上也是，没几个回合，我们就无还击之力了。

正式比赛前抽签，竟然抽到了昨天试辩论的友队。我们是反方，他们是正方。

这运气也太背了！头一晚就见识了他们的强大，我们怎么可能一夜之后反败为胜啊？今天，只求他们手下留情，能给我们留个全尸！我悲观地想。

"死就死吧，只求死得好看一些。"王大智也发来微信，他的想法跟我的想法一样。

辩论现场很热，我不得不脱了小西服。

小学组和初中组的两位选手挺放松的，我和大学组的小姐姐已经六神无主，像两个丢了魂儿的人。

"你还记得总结陈词是多少分钟吗？"我问小姐姐。

"不记得了。"小姐姐一脸蒙。

"好像是2分钟。"小男孩补充道。

"哎呀，好像的确是2分钟，唉，随缘吧。"我说。

"你脑子里还剩什么？"我问。

"什么都不剩了。"小姐姐答。

"脑子里剩脑浆啊。"小男孩补充道。

"昨晚睡了两三个小时，现在什么感觉？"小姐姐问。

"感觉已经比完了赛，在回家的路上了。"我恍惚地说。

"做梦吧。"小男孩又补充道。

这个小男孩是专门给我们送噩梦的吧！

"你是不是闲着没事干，一边去，我们正烦着呢。"我没好气地说。他撇着嘴，委屈地不作声了。

友队的帅哥江一天走过来，一脸的和气："来来来，没准咱们都一战成名，大家给我签个名吧，等你们成了'大佬'，我好拿去卖个好价钱。"

我签了名，字还是很难看。出于礼貌，我也请友队队员给我签了名，还互相留了联系方式。

辩论赛开始了。

第一回合的立论结束，正方二辩攻辩提问，时间30秒。我是反方一辩回答，要回答1分30秒。

我要怎么回答？我赶快找准备好的小纸条，悲催的是，小纸条都在西服里。西服在我坐的椅背上挂着。

186

难道我要在众目睽睽之下从我的小西服里掏小纸条？这可是在直播啊。

这次我真的要死了。

友队的攻势很猛，强大的高校辩手让我崇拜不已，然而我又无论可辩，太尴尬了。对方辩友大概看我们再难驳论下去，不再咄咄逼人，放出的问题也都有了缓冲。

我突然开悟，现在的情形就像我这个业余选手在跟一群专业的乒乓球运动员进行一场乒乓球比赛似的，明知道自己赢不了，还要继续拼下去，如果对方放了一个球，我们除了会意还要感恩，双方配合着进行一场友谊表演赛，也不失是一个很好的结果。至少，我们都实实在在地享受了过程。

我们真的这么做了，于是这一场表演赛很成功。

虽然我们输了，虽然我们没进入四强。但我想起"萌萌哒"的那句话："你可以输，但不可以被打垮。"我用自己的解读诠释了这句话：在可以输和不可以被打垮之间还有一个中间地带，你可以输，但要输得漂亮。

真高兴，这么有哲理的话竟然是我说出来的。

比赛刚结束，王大智和李太不白就来到了现场。这次他们是放学后来的，"萌萌哒"没批评他俩。

我把各种状况都告诉了他们，他俩哈哈大笑，没完没了地笑。

我生气了："有什么好笑的？"

"当然好笑，等咱们到了七八十岁怀旧的时候，咱们肯定不会提到那个冠军啊亚军什么的，一定说的是这些意外。"王大智说。

"也不一定能活那么久……"

"这个可以有，因为咱们都不荒废，是吧，'萌萌哒'？"王大智认真地说，又向"萌萌哒"求一个肯定的答案。

"大智说得对，不荒废就会有一个美好的未来。"

我的眼眶突然湿润了。

比赛归来，因为我得了全国一等奖，学校很重视，把我树为学生典型。

我着实得意了几天。这种得意也作用到了我的学习上。之前的数学课堂上我一直觉得自己就是个外人，我看不懂那些题和题解，也看不懂那些学霸和老师的课堂表演，更没有插嘴和提问的资本。

从教育基地回来，我仿佛一下子开窍了，我不再是课堂的外人，我成了主人，即使那些题和题解我依然看不懂，但也有了插嘴和提问的勇气。

"自信了呗！"王大智说得很到位。

我想起复旦大学偶像陈果说过的一句话："人都有很多缺点，当你活成真实的你，还是会有一部分人喜欢你，也会有一部分人不喜欢你，但是喜欢你的人里面多了一个很重要的人，那就是你。你会喜欢你自己，这是一件非常非常美好的事情。"

一个人喜欢他自己是一件非常非常美好的事情。

我喜欢这样自信的自己。

188

第十四章　六出花

　　王大智走了。他留下的花现在开得如此灿烂，我的心里却不是滋味。

　　他为什么要送我六出花？他送我花是期待相逢吗？那盆花不是他小姨花店里的吗？到底是怎么回事？

No.96

转眼又到了期末，接着就是暑假。我们几个要好的同学聚了一次，就约在学校门口见面。王大智依旧穿着那件带M的T恤，我们每个人都穿着牛仔裤加T恤，穿上这样的衣服，才感觉到假期的真实性。

男孩女孩们坐到操场的升旗台上晃着腿闲聊，说累了，有人哼起歌。天气真好，欢声笑语。如果拍下来真可以当青春电影海报了呢！

我们聊够了，去饭店吃了个饭，又去了KTV。

王大智点了一首TFBOYS的《我们的时光》，他说这是他最拿手的一首歌。瞎掰，这明明是我的最爱。他说要把这首歌送给我们共同的16岁。

> 我们好好珍惜好好感受
>
> 趁现在的时光
>
> 还能无所顾忌地嚷
>
> 也许童话里的情节是大人们说的谎
>
> 却能让我安睡到天亮
>
> ……

我们笑啊，闹啊，青春真是无限美好。可是我怎么觉得王大智总是转过身去擦眼睛呢？

一直玩到晚上10点多，李太不白的爸爸从国外回来了，他得回家去。我们也不能再唱了，嗓子都要哑了。

No.97

我和王大智一起骑单车回家。路上，他说最近要外出旅行，问我明天要不要一起去书店看看。

我说不行，我也要跟我爸妈到外地旅行，这关乎我爸妈是否能重归于好，关乎我们一家三口未来的幸福。

他的声音顿了顿说："没事，反正以后还会再见的。"

这语言逻辑，听起来怪怪的。

王大智又问我："你曾经问过我为什么喜欢穿这件带M的T恤？"

我愣愣地望着他，他怎么会想起这个？

192

"因为M开头的英语单词有很多，比如magic，表示魔法；magnet，表示磁铁。我想青春就应该是充满吸引力的，是魔幻绚丽的。"

"哈，你真是个不知天高地厚的少年。"

"嗯？"

"因为不知天高地厚才会对未来充满憧憬。"

"很有哲理。"

时间不早了，我和王大智互相道"再见"。

然而，刚说了"再见"还不到两秒钟，王大智突然回过头说："你等等。"

那几秒钟里我在想，他是不是有什么话要对我说？我也有很多话想对他说。虽然我们有微信，有QQ，可以随时说话，但毕竟放假了，有很长时间见不到面。

他飞快地打开家门，从里面抱出一盆花。

我心中暗喜：这是早有预谋的？

"我小姨开了家花店，送了我一盆，你帮我照看两天。"

那是一盆其貌不扬的花，绿叶下隐藏着浅绿色的花苞。就这么一盆花，还是他开花店的小姨让他拿回家的，我猜肯定是卖剩下的花。

"只要四五天浇一次水就行了。"

"哦。"

这么一盆难看的花，还要浇水，真麻烦。

No.98

我们一家三口去上海玩了一个星期，其间我姥姥来我家，问我有什么需要照顾的。我突然想起王大智让我收留的那盆花，于是就让她帮着照顾了。

当我再见到它时，那盆普通得不能再普通的花，竟然一改之前的模样，开出好几朵花来，美艳夺目。整间屋子都盛不下它的美艳，简直不可思议。

我妈说："哪来的花啊？六出花……"

"什么是六出花？"

"这盆花就是啊，真好看。"我妈望着眼前的花啧啧称赞。

"六出花不是雪吗，怎么成眼前的花了？"我记得很小的时候我妈就教我背"门前六出花飞，樽前万事休提""重关独居千寻岭，深夏犹飞六出花"。

我妈望着那盆形似蝴蝶、颜色绮丽的花儿，它们的花瓣有橙黄的，还有水红的，内轮有紫色或红色条纹及斑点，紧凑地围在一起，非常耀眼。我妈看着看着，忽然话锋一转："谁送的？"

"王大智。"

"哦？哼哼，你俩有故事？"

我涨红了脸："我和他根本没有什么故事，事故比较多。"

"好多事故最后都变成了故事。"

"妈，你以为这是小说啊？"

"生活不就是小说吗？好了，不逗你了，老杜，收拾收拾东西，晚上的菜你做吧。"

我爸听我妈说让他做饭，顿时愣了两秒，脸上的神情随即飞舞起来，我了然地看了他一眼，冲他吐了吐舌头，这才回房间。

我在家混了两天，不见对门有动静，很多次我都有想去敲门的冲动。我知道他每天忙着各种乱七八糟的事，但也不至于见利忘友吧。

"王大智这个家伙去美国读书了，你知道吗？"

"啊？"

"他已经走了，就在咱们去KTV的第二天，他爸去那边开公司，他妈去那边治病，你知道之前有一个星期他为什么没来学校吗？那是他妈病重了，好在缓过来了。"电话那头李太不白说道。

"去美国开公司？"

"没想到吧？原来王大智家超级无敌有钱，他家住在机场那边的豪宅区，他爸怕他不上进才给他在学校附近租的房，他是隐藏在咱们班的富二代，你那个已经杳无音信的同桌简直太不够义气了。"

难怪每次提到他妈妈他都一脸愁容，原来他心里承受着如此重的包袱。

No.99

我以为离别是高考结束以后才会发生的事，现在只不过才高一，我和我的同桌王大智就要说再见了。

六出花，为什么要叫六出花？

我是一个喜欢刨根问底的人，我上网搜，六出花何出此名。很可悲的是：无解。

我倒是搜到了六出花的花语：喜悦、期待相逢。

王大智走了，他留下的花现在开得如此灿烂，我的心里却不是滋味。

他为什么要送我六出花？他送我花是期待相逢？那盆花不是他小姨花店里的吗？到底是怎么回事？

是我想多了。

是我想多了吗?

No.100

我好像真切体会到了，美好的青春，美好的来去匆匆。

音乐时光机

　　有音乐陪伴的日子总是美好而短暂的，就像你我的快乐时光一样。

　　看完本书的小读者，是否在感动的同时也有些许遗憾呢？现在有一台音乐时光机需要你们答完题目解锁密码，让故事的男女主人公王大智与杜若愚重溯过去，做回同桌开始相爱相杀的生活。小读者们，帮帮他们吧！

　　1.王大智与杜若愚这对欢喜冤家也不乏有安静下来的时候，譬如当他们共用一副耳机、一起在雨中的操场时，有一首歌始终伴随他们左右，这首歌的名字是什么？是谁演唱的呢？

　　2.故事的结尾，王大智还是离开了杜若愚及曾经一起奋斗的小伙伴们。那么，王大智离开大家、迁居美国的真正原因是什么？

　　3.假如你是故事中的杜若愚（王大智），现在有机会给远隔重洋的王大智（杜若愚）写一封短信，你最想对他（她）说些什么？（先写清楚给谁写，信的内容不少于100字）

意林·成长音乐小说
读者搜查课

　　"意林·成长音乐小说"系列，将具有魔力的音乐融入校园生活，使学生读者们拥有一段"有声有色"的校园青春。看完本故事，你有什么样的阅读体验呢？快来告诉编编吧！（寄来此搜查课答卷的前50名读者将收到神秘礼物哟）

　　1.你觉得本书故事有趣吗？（　　　）

　　A.非常有趣　　　　B.一般　　　　C.很无聊

　　2.你觉得本书封面吸引你吗？（　　　）

　　A.封面很打眼，很吸引人　　　　B.一般　　　　C.不喜欢

　　3.看完这个故事，你能从主人公的成长经历中获得共鸣吗？（　　　）

　　A.能够获得，从他们的故事中我看到了自己的影子

　　B.一定程度上能够获得，成长方式因人而异，但大方向是没错的

　　C.不能，这完全不是我的世界

　　4.如果"意林·成长音乐小说"系列推出新书，你还会继续关注吗？（　　　）

　　A.当然会　　　　B.看情况　　　　C.不会

　　5. 你对"意林·成长音乐小说"系列这种结合音乐与故事的形式还有哪些其他的建议？

　　邮寄地址：北京市朝阳区南磨房路37号华腾北搪商务大厦1501室《意林·少年版》编辑部。邮编：100022

意林·成长音乐小说

献给每一个被音乐打动，被音乐激励过的孩子

全国政协常委兼副秘书长、新教育实验发起人　**朱永新** ★ 北京十一学校联盟总校校长　**李希贵**

北京市第八中学校长　**王俊成** ★ 桂冠童书奖、陕西省"五个一工程奖"获得者　**伍剑**

盛赞的校园文学作品

《再见，我们的时光》

当熟悉的旋律
在"我"耳边响起，
当 TFBOYS 那好听的声音
再次传来，
"我"才突然意识到，
属于我们的时光一去不复返了。

著名励志作家、冰心儿童文学奖得主**解小邪**睽违十年特意为每一个被音乐亲吻的孩子打造的治愈成长力作

呆萌、暖心、高能、励志

《夜的勋章似少年的光》

"当我需要独自站在远方的沙场，
武器就是我紧握的梦想，
而我受过的伤都是我的勋章。"
每当鹿晗的《勋章》响起，
楚河就觉得自己
浑身充满了力量。

青年鬼才、励志作家**孟盛**凝三年之力打造的一个暖萌、励志的校园网球竞技作品

成长路上出现的对手，终将使我们成为更加优秀的自己。

畅销书《意林·山海经》

作者周飞，

携妻子李萍 倾力打造

精灵来了

JINLIN LAILE

由《风云》《人在囧途》的导演文隽监制，张籽沐、考拉、王媛等主演的同名电影即将爆笑上映

内容简介：

清末咸丰年间，一个外星小孩降落圆明园，和四位小格格组成"威风八面小联盟"，屡屡挫败各种坏人的阴谋诡计，在清朝内忧外患的关键时期挺身而出，保卫家园。咸丰帝赞四位小格格是大清朝的"猛将"，后来被封为慈禧的懿嫔娘娘也冲她们竖起了大拇指。

《我和爷爷是战友》
作者：赖尔

中宣部唯一批准的青少年类穿越题材作品，被称为"零距离抗战文学"，受到《人民日报》《光明日报》的高度评价，入选中国第十二届"五个一工程奖"贡献奖。

根据本书改编的同名影视剧即将开拍。

内容简介：

一次意外事件让李扬帆和林晓哲穿越到了1938年那个战火纷飞的年代，他们的种种弱点随之显现出来。故事的结局出人意料，在战争中他们得到了磨炼，在穿越回来后发现，现实当中那位90多岁的姨爷爷，竟然是故事中自己的战友……

《全息陨落》
作者：赖尔

未来已来，将至已至。

当人工智能完全取代人类智慧，是科技的进步还是世界的颠覆？

内容简介：

2036年，黑洞即将吞噬太阳系，世界组织制造了"方舟计划"与"美梦计划"。平民在进入全息游戏世界后竟然无法脱离，成诺发现这个秘密后召集同伴，与电脑AI展开了斗争，试图带领众人脱离苦海……